AUTORITÀ E LIBERTÀ

GIUSEPPE RENSI

Texte et illustration de couverture : © domaine public
Edition : Culturea (Hérault, 34)
Contact : infos@culturea.fr
Retrouvez notre catalogue sur http://culturea.fr
Imprimé en Allemagne par Books on Demand
Design typographique : Derek Murphy
Layout : Reedsy (https://reedsy.com/)

Dépôt légal : janvier 2023
Tous droits réservés pour tous pays

ISBN : 9791041845002

A TUTTI GLI ITALIANI

"LI CITTADIN DELLA CITTÀ PARTITA"

CHE IN OGNI TEMPO

FURONO OPPRESSI, BANDITI, PERSEGUITATI, UCCISI

PER AMORE D'ITALIA

DAGLI ITALIANI

Geselle dich zur kleinsten Schar

GOETHE

Questo scritto può considerarsi l'appendice, o meglio si potrebbe dire l'interpretazione autentica, della mia Filosofia dell'Autorità (Palermo, Sandron); ed è, insieme, una sintesi, che parmi completa, del mio pensiero filosofico e filosoficopolitico. – Dal mio punto di vista personale esso serve a scindere la solidarietà tra le idee di autorità, conservazione, antiparlamentarismo, «reazione», che io forse per primo ho enunciate in Italia, e ciò che sembrò essere, immediatamente dopo tale enunciazione, l'applicazione pratica di siffatte idee.

Poiché la mia posizione ha forse questo di particolare: pel fatto che condivido, anzi è mio, il principio «sistema politico d'autorità contro sistema di democrazia assoluta», sono separato dagli avversari della presente situazione; ma sono altresì, e più, separato dai sostenitori di essa perché ritengo che l'applicazione stata fatta del principio d'autorità sia contraddittoria ed errata da cima a fondo; perniciosa alla vita civile e alla moralità pubblica in quanto ha creato una condizione di cose che non si può descrivere meglio che con gli emistichi virgiliani «multae scelerum facies», «fas versum atque nefas»: definitivamente rovinosa per il già debole carattere dei cittadini; a lungo andare, nefasta per la stessa robustezza della compagine politica; e costituisca perciò il discredito più profondo e totale gettato sulla stessa dottrina di cui pretendeva essere l'attuazione, perché ribadisce nelle menti di tutti i contemporanei l'idea che sistema non democratico, sistema d'autorità, sia una cosa sola con la crudeltà, l'assurdo e l'arbitrio, e sembra anzi fornire di ciò una prova ulteriore e decisiva, l'appiglio cioè a concludere, additando fatti atroci, rivoltanti od ingiusti; «ecco, una nuova volta, che cos'è, come è sempre stato, un regime che non sia di democrazia».

È inutile nasconderlo o negarlo. Costruire in modo solido e duraturo un nuovo sistema di Stato, specialmente in antitesi alla mentalità politica sin allora dominante, si poteva solo sulla base delle idee di Spinoza ricordate più oltre in queste pagine, sulla base cioè della massima unità delle coscienze; e, con qualche senno, ci si sarebbe agevolmente riusciti. Ma una costruzione statale la quale invece, anche mediante le espressioni verbali ed altre esteriorità, viene presentata e accentuata come una creazione di parte, non lascia affatto tranquilli circa la sua consistenza. Appunto intanto, dalla contraddizione fondamentale che corre tra costruzione nazionale e fattura di parte, zampillano le contraddizioni secondarie. Come si può, ad esempio, chiamare nazionale, nel senso di sgorgata dalla massima unità di coscienza nazionale e su di essa basata, un'opera che nel medesimo tempo viene proclamata «intransigente»? Si può parlare d'intransigenza quando si tratta dell'opera dei tre o dei quattro su dieci, contro i sette od i sei. Ma avrebbe senso dire intransigente l'opera dei nove o dieci su dieci, cioè davvero della «nazione»? ancora: come si può dire in questo senso «nazionale» un moto che proclama il proprio «isolamento» e che dipinge e considera tutti gli elementi della nazione che non sono esso (dunque, posto tale suo proclamato isolamento, la maggioranza della nazione stessa) come sommamente spregevoli e assai inferiori agli elementi analoghi esistenti negli altri paesi? Che dice, insomma, che l'opposizione italiana, il socialismo italiano, la memoria italiana, sono infinitamente più bassi e vili che le opposizioni, il socialismo e le massonerie straniere? Forse che l'esaltazione della «nazione» non implicherebbe la tesi che tutto ciò che vi è in essa, comprese le opposizioni, il socialismo, la massoneria, sono superiori a ciò che v'è negli altri paesi? Altrimenti dov'è la superiorità d'una nazione rappresentata come costituita d'una piccola parte di eletti e di eccelsi e d'una larga parte inferiore a tutto ciò che della medesima natura vi è altrove nel mondo? – Cementando, adunque, l'edificio di faziosità e livore di parte, non si costruisce durevolmente un nuovo sistema politico e tanto meno un sistema d'autorità. L'edificio così cementato diventa, per quanti anni esso duri, segnacolo d'un odio implacabile, che fa sì che esso sia sentito da buona parte del paese, non come qualcosa di proprio, che si è costrutto, si ama e si cerca di perfezionare, ma come qualcosa di alieno e nemico che si vuol togliere totalmente di mezzo; – segnacolo quindi d'un odio che si propone ad ogni costo di demolirlo, che trasmette dall'una all'altra generazione questo proposito di demolizione e alla fine riesce a tradurlo in atto; che dà quindi a un tale edificio, qualunque sia il tempo per cui di fatto dura, il crisma della provvisorietà, come alcunché che non affonda veramente le radici nello spirito collettivo, né attinge da questo succhi vitali di persistenza, ma vi è solo estrinsecamente sovrapposto; e che perciò lascia ampio adito al timore che, anziché trattarsi d'una costruzione entro la quale la vita successiva del popolo si prospetti pacifica e fondamentalmente concorde, e si preannunci come quel «riposato viver di cittadini», quella «fida cittadinanza», che stava in cima alle aspirazioni di Dante , si profilino invece, in causa del modo con cui alla costruzione si procedette e dei materiali che vi si usarono, davanti a questo popolo altre fasi di inquietudini, di turbamenti e di violenza.

Non ostante ogni veemente denegazione questa è la verità. Verità che ogni mente riflessiva e lucida scorge; verità che non può non essere presente nel più riposto animo dei meno ciechi tra coloro stessi che a parole la negano. Verità che è dovere di coscienza, non già tacere o occultare, ma dichiarare apertamente. Chi compie questo dovere avrà almeno, in ogni evento avvenire, il conforto di potere, in proporzioni minuscole, ripetere ciò che davanti a circostanze analoghe scriveva Cicerone: «Me quidem, etsi nemini concedo, qui maiorem ex pernicie et peste reipublicae molestiam traxerit, tamen multa iam consolantur, maximeque conscientia consiliorum meorum. Multo enim ante, tanquam ex aliqua specula prospexi tempestatem futuram».

G. R.

CAPITOLO I

LA FILOSOFIA DELLA LIBERTÀ

In qual senso e per quali ragioni è l'idealismo, nel suo punto di partenza, filosofia dell'assoluta libertà? Per questo. Esso dice: l'io, o coscienza, o ragione, cava e deve cavare unicamente dal suo proprio fondo, sviluppa e deve sviluppare la sua attività unicamente attingendo da sé. Nulla di esteriore ad esso io o ragione, ossia nulla di materiale e di empirico, deve premere su di esso, determinarlo e sottoporlo; ma esso deve invece in perfetta indipendenza da tutto ciò che non è esso (cioè dall'elemento empirico) svolgere la sua intima potenzialità. Se fosse determinato da alcunché d'altro da esso (dall'elemento empirico) e vi soggiacesse, sarebbe in istato di schiavitù. Sviluppando unicamente da sé in assoluta autonomia rispetto all'elemento da esso diverso, ossia empirico, è in istato di perfetta libertà. Filosofia della libertà è la nostra filosofia appunto perché essa afferma, mette in luce, inculca e valorizza questo cavar unicamente dal proprio fondo senza nessuna pressione o determinazione da parte d'altro da sé o di esterno, che fa lo spirito od io o coscienza o ragione. E come tale filosofia della libertà la nostra filosofia si afferma tanto nel campo teorico, quanto in quello etico, quanto in quello politico.

In quello teorico. Perché è costruendo sopra e mediante le forme e disposizioni insite in lui, e non già ricevendo passive impressioni da parte d'una pretesa realtà esteriore altra da esso, che lo spirito stabilisce il vero. Lo stabilisce infatti, stabilisce la realtà, mediante determinazioni che scaturiscono da lui medesimo. Forma il concetto d'una cosa, non perché subisca la passiva impressione degli elementi simili presenti in tutti gli esemplari di essa cosa, ma perché, mediante una attiva sintesi identificatrice, mediante l'idea di uguaglianza, che appartiene allo spirito stesso e non è data nella natura esteriore, tiene ferma l'identità di alcuni caratteri attraverso la molteplicità degli esemplari singoli della cosa. Forma l'unità numerica, non già perché il fatto «uno» o la cosa «una», l'«uno» insomma sia già là bell'e pronto, all'esterno, e nello spirito si imprima: ma perché esso, lo spirito, fissa in precedenza ciò che deve considerarsi come uno (talvolta la pianta, e allora il bosco è più; talvolta il bosco che così diventa uno; talvolta la molecola e allora il dado è più; talvolta, se trattato e studiato geometricamente come cubo, il dado stesso); perché, insomma, l'idea o sintesi «uno» l'ha in sé e da sé la proietta al di fuori. Forma, quindi, così e non già trova, l'idea di specie nelle scienze naturali, fissando cioè in antecedenza una norma ideale o concatenazione costruttiva (p. e., l'importanza prevalente degli organi di respirazione e di generazione) in base a cui classificare, ossia determinare, ossia far essere, le specie stesse. E persino l'Essere, ciò che deve valere per Essere, ciò che deve considerarsi come avente i caratteri dell'Essere (p. e. talvolta ciò che cade sotto i sensi, talaltra ciò che si lascia costruire concettualmente o scientificamente, talaltra ancora ciò che una religione assicura a seconda della fase mentale in cui l'umanità si trova e questa diversità di possibile determinazione dell'Essere mostra appunto la sovranità anche in ciò dello Spirito) persino l'Essere dunque è una determinazione che si sprigiona dall'interno e dal fondo dello spirito, è cioè una libera affermazione sua, non qualcosa che gli si imponga dall'esterno, e che egli debba, per forza e in condizione di schiavitù, subire dal di fuori di sé, da alcunché che non è lui.

In quello etico. «Fa quel che vuoi»; in questa proposizione si racchiude tutta la morale kantiana. Cioè: fa quel che vuoi tu, veramente tu, quel che vuole il tuo vero io; non quel che vogliono le tue brame, passioni o inclinazioni: non quel che queste impongono di fare all'io, che così è schiavo; ma quello soltanto che vuole il tuo io stesso, che è la tua ragione pratica, la tua coscienza, la quale con la sua voce insoffocabile ti fa udire sempre che cosa essa, ossia il tuo stesso io, contro la seduzione o la pressione di brame, inclinazioni, interessi, veramente voglia. Fa quel che vede da farsi, e quindi vuole, tale tuo stesso vero io, e solo perché esso vede e vuole così, non perché altre persone o altri elementi pur tuoi ma non appartenenti propriamente ad esso tuo io (le inclinazioni della sensibilità) te lo comandano; che valore avrebbe, infatti, un'azione anche buona, se tu la compi per obbedienza a ciò che ti pare un capriccio altrui di farti agire così e non perché tu la vedi come da farsi e perciò, tu, la vuoi? o che valore avrebbe un'azione anche buona, se tu la compi, non perché la tua coscienza o ragione, in modo spassionato, imparziale, obbiettivo e illuminato, la scorge e la giudica da farsi, ma perché la piega o la china dei tuoi istinti e delle tue abitudini ciecamente vi ti porta? E ancora: fidati di questo «vedere» della tua coscienza o ragione, di questo «veder io». Tu sei sicuro di poter «vedere», di «vedere»; ossia, sei sicuro che il tuo vero io vede sempre giusto, non erra mai: se ripensi ad un'azione da non farsi che hai compiuto, avverti che in quel momento dentro di te una piccola voce ti aveva ammonito che l'azione non era da farsi: altri elementi in te hanno fatto tacere e soffocato quella voce; ma essa c'era, dunque tu «vedevi», il tuo io vedeva. — Fa, insomma, quel che vuoi tu, e perché lo vuoi tu. Quale espressione più completa della libertà? Facendo quel che vuoi tu, fai ciò che è da farsi, sei morale. Non hai altra legge (comando morale) che questa: fa quel che vuoi tu. Dunque proprio l'espressione della tua assoluta libertà è una cosa sola col tuo da farsi, con ciò che devi fare, con la tua moralità. Questa è unicamente quella tua assoluta libertà, si risolve interamente in essa.

«Vuoi»; tale, ancora più semplice, la formula in cui si può riassumere la morale fichtiana. L'io voglia, voglia continuamente, continui a volere. Che cosa continui a volere? Nulla che non sia lui. Continui a volere unicamente se stesso. Non si afflosci mai in lui questo volere se stesso; non decada mai nell'inerzia, nel meccanismo abitudinario, che non è più volere ancora attivo e progrediente, ma di fronte ad ogni posizione conquistata, ad ogni abito assicurato, continui a volere ancora, a volere dell'altro, ad andar sempre più al fondo di sé, e condurre a realizzarsi questo sempre più fondo di sé, a volere e ad effettuar ciò che, di fronte ad ogni effettuazione raggiunta, la sua sempre più interiore scaturigine gli suggerisce e presenta come ancora da conseguire, come il suo ancora ulteriore volere, come il meglio da realizzarsi di fronte ed oltre il bene già realizzato; ché il processo del volere dell'io (della coscienza) sia appunto in ciò che esso, non mai pago di volere se stesso, in presenza di ogni bene già compiuto, fa udire la voce che suggerisce, esige, cioè esprime che esso vuole, un meglio superiore a quel bene. Continui dunque l'io a volere se stesso, sempre più il fondo di se stesso. Segua questo impulso di sé verso sé, verso sempre il più fondo di sé. Coordini questo suo impulso autonomo con gli impulsi naturali (che sono cosa diversa da esso ad esteriore ad esso) subordinando questi a quello, per modo da renderli a quello inservienti, per modo, cioè, da soddisfarli, sì, ma soddisfarli non per amore e fine di essi, ma unicamente perché servano a conservare e far diventare sempre più attivo l'io e il suo impulso di sé verso se stesso. E in ciò, ossia in questo volere l'io unicamente se stesso, in questo semplice «vuoi», si realizza completamente la morale. Anche qui, quale più piena espressione dell'assoluta libertà che quella consistente nel dire: la morale si attua nel fatto che l'io voglia solo, continuamente e sempre più se stesso?

In quello politico. Sinora, come abbiamo visto, la vita dello spirito, ragione od io è assolutamente libera, nessuna costrizione le si impone, e non ha che da essere libera. È tale dovunque essa si trovi, cioè in ogni uomo. Se ora gli uomini mettono in comune e fanno esistere al di fuori del sacrario della loro coscienza, nel mondo esterno, quel tanto del loro io, spirito o ragione che è suscettibile di avere una cosiffatta esistenza esteriore, questo tanto di ragione o spirito, comune a tutti, che vien ora fatto esistere d'un'esistenza esteriormente oggettiva, è la legge, le istituzioni politiche e sociali, lo Stato. La legge, lo Stato, adunque, sono ciò che vuole la ragione in tutti, la ragione di tutti, l'io di ogni uomo. Sono il volere della ragione di tutti. Sono la stessa volontà della ragione od io d'ognuno. Poiché sono ciò che questo vuole, così sono effettuazione della sua libera volontà, della sua libertà. Anche la legge è la stessa cosa della volontà sovrana e libera, ossia della libertà dell'io, come lo era la verità e la morale.

Per ciò, adunque, l'idealismo, la «filosofia dello spirito», è e si vanta di essere filosofia dell'assoluta libertà. La vita dello spirito (che è poi l'unica realtà) non è e non ha da essere che assolutamente libera estrinsecazione di sé, un assoluto far quel che vuole senza pressioni o determinazioni da parte d'altro da lui o esteriore a lui; un puro e semplice «inniti sibi», come si potrebbe dire con una bella espressione di Seneca ; cioè assoluta libertà. E per questo avviene che nei libri di Kant, di Fichte e di Hegel (come nei libri di Croce e Gentile, che non hanno fatto se non riprodurre, con varianti di fraseologia, il pensiero, testé esposto, di quelli) la parola libertà ad ogni linea troneggi.

Ci sia qui consentita una breve digressione, circa il capovolgimento che tale idealistica filosofia della libertà subisce in mano dell'enfant terrible dell'idealismo, di Schopenhauer.

Implicitamente per Kant, esplicitamente per Fichte, la volontà, l'attività del volere, è l'immediata realizzazione della vita morale. Continuando a volere, l'io effettua necessariamente il bene. La volontà è il bene: così si può riassumere il loro pensiero. – La volontà è il male; così invece si può riassumere quello di Schopenhauer.

La filosofia di Schopenhauer è su questo punto l'integrale elaborazione del motivo fondamentale d'un'obbiezione che si presenta tosto al kantfichtismo. Questa, cioè: che tanto poco è vero che la volontà continuamente attiva sia identica al bene morale, che noi vediamo e una volontà in istato di continua e attivissima tensione la quale pure è amorale (p. e. quella dello scienziato e dell'artista) e altresì una volontà, pur sempre più attivamente volente, la quale è decisamente immorale (p. e. quella d'un Napoleone o d'un Cesare Borgia). Schopenhauer, in fondo, erige a propria dottrina morale il senso di questa obbiezione. In lui confluisce anche, ingigantita, una direzione occultamente presente in quasi tutti i sistemi morali anteriori. Poiché, sia in Platone, che nel Fedone presenta come culmine della morale il distacco dalla vita, sia, com'è evidente, negli Stoici, sia nello stesso Kant, in quanto egli vuole che l'azione morale sia solo quella compiuta senza alcun motivo sensibile, giace in fondo alla maggior parte delle dottrine etiche il pensiero che il volere qualunque cosa di sensibile, cioè qualunque cosa, sia male, e che bene quindi sia la volontà che non vuole nulla di sensibile, ossia che non vuole, ossia la non volontà . Ciò diviene esplicito in Schopenhauer. È proprio nel volere, cioè desiderare, bramare, concupiscere, che sta il male. È proprio la volontà, la quale è voglia di avere, di procacciarsi, di fruire, cupidigia, egoismo, che è il male. Il bene, viceversa, è lo sradicamento dello egoismo, cioè il rintuzzamento, la negazione della volontà, il nonvolere, il fatto che la volontà non abbia più alcun motivo (movente), e al motivo si sostituisca il quietivo. Quindi, mentre per KantFichte la libertà, come si vide, si realizza nel fatto dell'io che continua a volere (se stesso), per Schopenhauer invece il volere è appunto la schiavitù, l'uomo che vuole è schiavo dei moventi della sua volontà, delle cose che vuole, ossia delle sue passioni; e, come il bene morale, così la libertà si realizza solo nella nonvolontà.

Ma la stessa dottrina morale di Schopenhauer si capovolge da sé, minata da alcune mortali contraddizioni delle quali non sembrano essersi accorti mai né i seguaci né gli oppugnatori della filosofia schopenhauriana.

Per Schopenhauer il male essenziale è l'egoismo, e il bene il rinnegamento di questo, rinnegamento di cui uno degli aspetti importanti è cercar di alleviare le sofferenze altrui, «la caritas, ἀγαπή, ossia quella virtù la cui massima è omnes quantum potes iuvas, e dalla quale scaturisce tutto ciò che l'etica prescrive col nome di doveri» .

Ora qui vi è anzitutto un circolo evidente. Esso è questo. Per Schopenhauer il bene sta nel far del bene. Ma bisognerebbe prima decidere indipendentemente da ciò che cosa sia bene o male. Far bene agli altri: curarli se sono ammalati, dar loro da mangiare e da bere se sono affamati e assetati. Ma se sono assetati (hanno bisogno) di vino, di donne? Dovremo dar loro anche ciò? E anche se pensiamo che ciò non sia bene? La vita, si dirà: dovremo certo cercar di dare o assicurare o salvare loro la vita. Però, anche se noi non pensiamo che questa sia un bene?

Tale osservazione (che, del resto, colpisce anche la morale evangelica del «fare agli altri»...) è mortale in particolar modo per l'etica shopenhauriana. Infatti, in primo luogo. Se la molteplicità degli individui è una apparenza condizionata alla forma del principio di ragion sufficiente e io sono in realtà uno con tutto il mondo (perché radice di questo e mia è la volontà) e uno con gli altri, allora che cosa vuol dire la caritas, il far del bene agli altri, la pietà? Se il fatto di far elemosina senz'altro scopo che alleviare la sofferenza altrui si spiega solo perciò che chi la fa riconosce in colui che soffre il proprio stesso essere , che cos'è che sta in fondo a ciò? È evidente. La pietà non è che egoismo. Schopenhauer parte dall'affermazione che il male supremo è l'egoismo. Ma poiché la pietà è da lui fondata sul riconoscimento dell'identità di tutti gli esseri, la sua stessa morale finisce per essere fondata su ciò che egli respinge come male, cioè sull'egoismo. Io sento pietà per gli altri e agisco pietosamente verso di essi, perché in essi soffre il mio stesso essere, per amore dunque del mio stesso essere, che io (più o meno chiaramente) avverto esser ciò che soffre in loro.

Ma il colpo di grazia alla dottrina morale di Schopenhauer (il quale non ostante tali contraddizioni del suo sistema è uno dei filosofi più grandi per i lampi di veramente diretta aderenza alla realtà che egli possiede) è dato dalla seguente constatazione. Che cos'è il sommo bene per Schopenhauer? Il rinnegamento della volontà. Come vi si giunge? Per due vie. Una, che pochissimi possono percorrere, è quella della conoscenza (sapienza); per cui una mente dall'intuito potente sa scorgere, per opera puramente intellettuale, l'identità di tutti gli Esseri, il male del volere e dell'egoismo, le conseguenze ascetiche che da ciò necessariamente derivano. L'altra, che è la sola mediante cui i più possano essere condotti al rinnegamento del volere, è quella del dolore che infrange la volontà ostinatamente diretta a fini egoistici. Per ciò Schopenhauer dice che il fine della vita sta nella nostra sofferenza, non nel nostro benessere, poiché si raggiunge il vero fine, quanto più si soffre e quanto meno si è felici e che la sofferenza è necessaria alla nostra salvezza, sicché si deve invidiare agli altri non la loro felicità ma la loro infelicità, e le azioni malvage, se sono per chi le subisce un male fisico, sono però per lui un grande beneficio metafisico perché conducono alla sua salute . Qui si vede chiaro che la dottrina morale di Schopenhauer fa completa bancarotta. Si è fatta precedentemente l'osservazione: che cosa cercheremo di dare come bene agli altri? anche ciò che è riputato bene da essi se non lo riteniamo tale noi? Adesso viene alla luce tutta la portata di tale osservazione. Per Schopenhauer la sofferenza è il bene, perché infrangendo la volontà, altrimenti ostinata, la conduce al suo rinnegamento. Che giustificazione ha dunque la pietà, caposaldo dell'etica schopenhauriana? Proclamarla, inculcarla è una contraddizione palmare. Noi dobbiamo, non già pietosamente cercar d'alleviare le sofferenze altrui, ma, poiché la sofferenza appunto è la via della salute, dobbiamo invece far soffrire, non aver scrupolo di far soffrire, anzi proporci come un dovere di far soffrire perché solo così si guida gli uomini al sommo bene, cioè alla rinnegazione della volontà. È, insomma, soltanto perché e finché io sento in me e relativamente a me che la sofferenza è dolore e la perdita della vita disperante, che io mi astengo dal far male agli altri e cerco di alleviare i loro mali: cioè finché sono sul terreno della volontà affermativa. Se ho visto che il dolore non è male, ma bene, vinco in me la riluttanza, meramente cieca e irrazionale, a far male agli altri e lo faccio con indifferenza, anzi con la soddisfazione profonda che viene dal compimento di un dovere e dalla sicurezza di realizzare appunto con ciò il vero bene altrui.

Chiudiamo qui questo excursus schopenhauriano e riprendiamo il filo della nostra esposizione.

CAPITOLO II

LA FILOSOFIA DELL'AUTORITÀ

Alla filosofia cosiddetta dell'assoluta libertà si oppone una filosofia la quale si può indifferentemente denominare filosofia dell'autorità, o realismo, o scetticismo. Essa è filosofia dell'autorità, o realismo, o scetticismo. Essa è filosofia dell'autorità in questo senso preciso e determinato, che nega i capisaldi fondandosi sui quali la prima prende il nome di filosofia della libertà; nel senso quindi che nega la libertà secondo il contenuto che vi dà e l'aspetto che vi attribuisce quella prima filosofia.

Che cosa significa per questa «libertà»? Lo si vide: il fatto che l'io o la ragione ricava puramente da sé, in piena indipendenza da ogni elemento esterno, anzi in piena negazione di esso, quindi in perfetta autonomia, la costruzione teoretica, etica, politica del mondo. Libertà, dunque, per questa filosofia, vuol in sostanza dire razionalismo (lato sensu): la ragione o lo spirito plasma, crea, è la realtà; non c'è fuori o sopra di esso un'altra realtà per sé stante che gli s'imponga: il mondo zampilla dalla ragione o spirito, si deduce da essa, si risolve in essa senza residui.

La filosofia dell'autorità è tale ed assume questo nome perché nega tutto ciò, nega vale a dire l'autonomia, l'assoluta e sovrana libertà dello spirito o ragione nel senso ora detto, nega cioè il razionalismo inteso come risolubilità della realtà in ragione o spirito, afferma l'irrazionalismo inteso come reiezione di tale risolubilità. E compie tale negazione così nel campo teoretico, come in quello etico e in quello politico.

Nel campo teorico. Essa dissipa il lungo abbaglio per cui si intese il percorso del pensiero filosofico da Locke a Kant come se esso mettesse capo alla conclusione idealista. Mostra che il cosidetto «io puro», al quale, anziché all'io empirico, si è costretti alla fine di questo percorso ad attribuire gli elementi categoriali che costituiscono l'essenza del reale, tale cosidetto «io puro», che non può essere pensato come accompagnato dalla coscienza, non è se non una parola per designare le cose stesse in quanto posseggono il carattere della conoscibilità, ossia sono cose (poiché cosa vuol dire entità esplicata, manifesta, conoscibile). Stabilisce, insomma, che detto «io puro», è, non coscienza o pensiero, ma il mondo stesso, le cose stesse, in quanto, uscendo, per così dire, dal nulla, si fanno cose, ossia enti visibili, tangibili, percepibili, conoscibili, si rivestono da sé di questi caratteri della conoscibilità, ossia delle categorie; sono fenomeni, ma non già fenomeni per una coscienza, bensì fenomeni in sé, apparimenti in sé, poter apparire in generale: «Bewusstsein überhaupt», non nel senso attivo di coscienza che apprende, ma nel senso passivo di ciò che è suscettibile di presentarsi alla coscienza e di essere da questa afferrato . Pone in luce che il significato stesso intrinseco, primordiale, essenziale del pensiero è il riferimento ad alcunché che non è esso, che la radice dell'atto di conoscenza risiede nello sforzo d'afferrare alcunché che vi stia fuori e di fronte, ossia risiede (nonostante che qui ci si trovi in presenza d'una «aporia») nel «porre» alcunché di trascendente la conoscenza stessa, la coscienza, il pensiero, sicché, come il respirare e il mangiare (Riehl), così del pari l'atto di conoscenza, già inizialmente e per il suo stesso essere presuppone e richiede l'esistenza d'alcunché d'indipendente dalla coscienza e ad essa esterno che essa vuole afferrare . Lo stesso apriorismo è per tale filosofia una prova dell'esistenza del reale indipendente dal pensiero. Giacché se le concatenazioni nei fenomeni o fatti d'esperienza le pone il pensiero, esso le pone però, appunto perché non date nell'esperienza, come esistenti nella realtà extramentale. Ma come potrebbe il pensiero essere certo che le sue categorie sono a priori applicabili ad una realtà transubbiettiva, se non riconoscendo implicitamente che è da questa che sono passate in esso, che la ragione per cui esso ve le può applicare, per cui è a priori sicuro che vi troveranno applicazione, è che le sue categorie sono, già prima che sue, le categorie del reale e questo le ha trasmesse o improntate nello stesso pensiero, come è ovvio non essendo il pensiero che una parte del reale medesimo? – Sicché tale dottrina si può anche considerare quale la traduzione in termini realistici o materialistici di quella platonica della reminiscenza. Come, infatti, quella platonica assevera che le idee universali sono nella mente umana, non perché da questa generate, ma perché in un mondo extraterreno in essa improntate, così questa afferma che è la realtà universa, ma, qui, spaziale e temporale, che siffatte idee universali o categorie imprime nella mente umana.

Stabilita così l'esistenza delle cose fuori e di fronte alla mente, la filosofia dell'autorità conclude che dunque a nessuna realtà la mente perviene cavando unicamente da sé, attingendo puramente dal suo proprio fondo; ma solo vi perviene constatando, ossia subordinandosi agli elementi empirici, o, come si potrebbe dire per indicare la negazione della libertà dei razionalisti, soggiacendo ad essi, accettando la loro sovranità, facendosi schiava di essi, sottostando al «fatto», al «dato», che non è «razionale» perché non si cava e costruisce dal fondo proprio della ragione, che non è formazione dello spirito, che non si può se non constatare come puro e semplice fatto, che esiste perché esiste e non già perché sia «deducibile», perché abbia una «ragione», il voler trovare la quale nelle cose (nel senso di volere che le cose siano suscettibili d'una «deduzione» razionale) è una proiezione antropomorfica cioè per questo, che «la «ragione» è in noi, e in noi è la capacità della «deducibilità» razionale e il bisogno di essa, proiettiamo ciò nell'universo e pretendiamo che anche nell'universo, obbiettivamente, una «ragione» e una «deducibilità» razionale vi sia. Ma l'universo non ha «ragione» non è «ragione»; è puro e semplice fatto; e il mero esser fatto è l'unica sua «ragione», come, secondo Spinoza, nel semplice suo essere di fatto sta tutta la sua «perfezione». Sicché al pari d'una «perfezione» dell'universo che si pensi distinta dal suo semplice essere di fatto, così una «ragione» di esso che non sia la concentrazione di tale suo essere di fatto, è una di quelle che Spinoza chiama «notiones quas fingere solemus», «modi solummodo cogitandi», «praeiudicia» . Chiedere una «ragione» delle cose, pretendere che esse abbiano una «ragione» che soprastia al loro essere di fatto e da cui questo dipenda e sia determinato e spiegato, voler dedurle da una «ragione», è immettere nelle cose una nostra fictio, il nostro, soggettivo, desiderio d'un perché; è antropomorfizzare il mondo.

La medesima posizione prende la filosofia dell'autorità contro la filosofia della «libertà», nel campo eticopolitico. Qui il suo pensiero è sostanzialmente quello della Sofistica genuina (e non degenerata) interpretato direttamente, e della Scettica che la integrò. La Sofistica e la Scettica non sono che antirazionalismo. Il razionalismo pretende che lo spirito o ragione, in quanto pura, guardando solo in sé, per procedimento deduttivo puro e indipendente da ogni preteso fatto esterno, possa ricavare la morale e il diritto: morale e diritto che sarebbero dunque propri della ragione di tutti, propri della ragione in sé, universalmente apodittici come le proposizioni matematiche (le quali posseggono tale apoditticità, sono interamente risolubili in conoscenza o ragione, sono costituite sino in fondo di questa, appunto perché sono interamente formazioni del pensiero; donde il fatto che tutti gli idealismi, e in particolare quello della «scuola di Marburgo», usano quasi esclusivamente di esemplificazioni matematiche a sostegno della loro tesi che l'oggetto della conoscenza è fatto dalla conoscenza stessa, e solo di esse possono usare per cercar di renderla verosimile). Questo è razionalismo, o idealismo, o filosofia della «libertà» dell'io, nel senso sopra chiarito. Ma contro tale tesi la Sofistica antica opponeva che non v'è una morale e un diritto determinato dalla ragione in sé, ricavabile necessariamente da questa, esclusivamente conforme alla ragione e perciò universale. Non esiste morale o diritto κατὰ φύσιν (che è la stessissima cosa come dire «secondo ragione» ossia tale che la ragione lo ricavi, quale dunque necessariamente sempre quello, dal suo proprio fondo sempre identico a sé). Invece morale e diritto sono formazioni fattizie, opera di τέχνη, di νόμος, con cui una «città» stabilisce che cosa sia buono, giusto, santo; espressione di volontà dell'ἄρχον che con essa determina che cosa sia morale o giuridico. La morale e il diritto sono fatti «volontaristici», non «razionali»; così si potrebbe rendere la dottrina della Sofistica. Cioè meri fatti, quali la «volontà» diversa, qua e là diversamente, li pone in essere, non già univocamente scaturenti dal proprio fondo della ragione una e tessuti puramente degli elementi di questa. In parole moderne il pensiero della Sofistica si traduce così: l'autorità del fatto sociale, formatosi indipendentemente dall'azione consapevole di ogni io (e quindi esterno e indipendente da questo), l'autorità dell'ordinamento e delle istituzioni sociali, del costume, dell'opinione, del sentimento di questo o quel gruppo etnico, della Sitte, questa autorità è quella che stabilisce che cosa sia morale o diritto, o meglio (poiché morale e diritto non esistono κατὰ φύσιν od in sé, ossia non hanno un'universale essenza secondo ragione) che cosa deve valere come morale e diritto .

Anche nel campo eticogiuridico, adunque, come in quello teoretico, perfettamente al contrario di quel che crede la filosofia della «libertà» quando asserisce che tutto è costruzione autonoma dello spirito dal suo proprio fondo, lo spirito si trova in presenza di meri fatti, fatti esterni, fatti «naturali», che egli deve accettare, a cui deve subordinarsi, e a cui in effetto si subordina (anche inconsapevolmente, come quando pretende che sia per deduzione razionale pura che esso approda precisamente a ciò che in realtà ha trovato dinanzi a sé empiricamente esistente). Le fondamentali istituzioni eticogiuridiche si formano originariamente come un fatto animale, naturale, cieco: così la famiglia, come mera e ancora solo animale congiunzione dei sessi, così la stessa società, come estrinsecazione ancor solo naturale dell'istinto gregario. Quando lo spirito si affaccia a tali formazioni, se le trova già dinanzi come prodotti naturali belli e fatti, e sono tali prodotti, nel carattere qua e là diverso che con cecità casuale meramente animale e naturale hanno inizialmente preso, quelli che determinano la «forma» eticogiuridica, e lo speciale qua e là diverso carattere di questa, nello spirito che quei fatti naturali si è trovato dinanzi e a cui essi si sono imposti. E le stesse alterazioni che quei fatti e prodotti naturali ed esterni, determinanti le forme etiche dello spirito, subiscono nel corso della storia (alterazioni, p. e. nel modo di composizione e di costituzione della famiglia o dell'ordine e dell'organamento sociale) queste stesse alterazioni, che determinano alla loro volta modificazioni delle forme etiche dello spirito, sono fatti esterni, che accadono cioè fuori e indipendentemente dal controllo e dall'avvertimento dello spirito, anche quando scaturiscano, ma senza che esso lo voglia e se ne sia reso previo conto, da fatti da esso operati. Le istituzioni eticogiuridiche non sono dunque formazioni compiute dallo spirito o ragione cavando unicamente dal suo proprio fondo, precisamente come non lo è la «cosa». Come, in quest'ultimo caso, lo spirito si trova dinanzi una materia, un «dato» ineliminabile e irriducibile, dato o materia ad elaborare o schematizzare la quale per farne il suo «oggetto» è vincolato: così, nel campo eticogiuridico, lo spirito si trova sempre dinanzi a formazioni (famiglia, società, Stato, ecc.) che esso non ha interamente creato e attinto dal suo fondo; «materia» costituitasi mediante una somma di fatti naturali, e, se anche di fatti di spirito, fatti menomi e del tutto incoscienti quanto ai loro risultati e alla loro portata; «materia», dunque, non creata dallo spirito e che invece crea e determina in esso le sue forme etiche specifiche; «materia», a cui esso deve sottoporsi e (per tornar ad usare questa parola) rendersi schiavo, e ad elaborar la quale, accettandola come qua e là diversamente se la trova dinanzi, esso è unicamente ridotto. Sicchè, pur essendo, come vogliono Epicuro e Bentham (e come ammettono i filosofi tipici dell'autorità, quali Hobbes e Kirchmann) il piacere ed il dolore i due «sovereign masters» delle azioni umane, la ricerca dell'uno e l'allontanamento dell'altro sono determinati nella loro direzione dal carattere e dalla forma presa, qua e là diversamente, dal fatto naturalesociale (p. e. la ricerca del piacere sessuale è determinata nella sua direzione dalla forma della costituzione famigliare o dalla consuetudine dei rapporti tra sessi, questo – ossia un fatto di autorità esterna – e ciò che, qua e là diversamente, determina quale direzione della ricerca di quel piacere sia lecita o tollerata ovvero riprovata o condannata; e sotto l'impero d'una data forma di ordinamento economico, di Stato, di patria, può essere necessario, «doveroso», affrontare dolori e disagi, che invece sarebbe possibile e lecito evitare sotto l'impero di forme politiche diverse). Mentre però, dal suo canto, il bisogno fondamentale del conseguimento del piacere e dell'allontanamento del dolore reagisce sul fatto naturalesociale, nel senso di renderlo, pur nella diversità in cui qua e là se lo trova in presenza, pur sempre più a sé permeabile.

Ma di più. Come, nel campo teoretico, per tutto ciò che andando al di là della constatazione dei fatti vuol essere un'interpretazione complessiva di essi, del mondo, per tutti, insomma, i «problemi ultimi», opposte tesi hanno sede nella ragione, nessuna riesce né è riuscita mai ad espungerne l'altra tanto che tutte hanno trovata e trovano, per opera dei pensatori che le professano, ragioni a loro sostegno – così, la medesima cosa accade nel campo eticogiuridico. Opposte concezioni e sistemi di morale e di diritto hanno trovato e trovano, tutti del pari, fondamento nella ragione. Dal punto di vista razionale puro vi sono argomenti per tutti: e basta ricondursi imparzialmente al pensiero i vari tipi di morale, lo stoico e l'epicureo, l'utilitarista e il kantiano, e i vari tipi di ordinamento sociale, monarchia e repubblica, democrazia e aristocrazia, proprietà privata e comunismo, per avvertire che la ragione ha sempre offerto ed offre ugualmente forti ragioni per tutti, tanto è vero che mai le ragioni a favore d'una tesi hanno fatto tacere quelle a favore dell'altra. Ora qui, nel campo eticogiuridico, cioè nel campo pratico, non potendosi continuar a discutere e rimandare intanto l'effettuazione (poiché, la discussione sarebbe eterna, e all'effettuazione non si passerebbe più), occorre che per altra via intervenga la decisione. La ragione non può decidere, avendo ragioni per tutti i sistemi in conflitto. La decisione non può dunque venire che da un fatto arazionale: la forza; la forza che tra i sistemi pugnanti ed ugualmente, «isostenicamente», razionali ne impone uno. È, in sostanza, questa (ripetiamolo) la teoria del primato della volontà sulla ragione. La volontà (intesa in senso larghissimo: impulso, tendenza, temperamento) è, sopratutto nel campo eticogiuridico, il prius. Essa sceglie la ragione che vuole: fa ragione di quel che vuole; e ciò in fondo perché la ragione non è che la stessa volontà emersa nel campo dell'intelletto e che fornisce a questo una o l'altra di quelle visuali primordiali e irriducibili di cui le ragioni non sono che il riflesso.

La mera forza è dunque il fatto per cui uno o l'altro sistema di morale e di diritto (parecchi opposti essendo razionalmente tutti del pari possibili e giustificabili) si traduce nella realtà in luogo di quello opposto che nel campo della ragione pure gli tien testa. Perciò giustamente Jhering constatava che «chi segna le trasformazioni giuridiche d'un popolo sino alle loro ultime origini, arriva in casi innumerevoli alla potenza del più forte che detta la legge al più debole» , e che «il principio che la forza personale è la fonte del diritto è una delle verità primordiali della storia del diritto romano» , e giustamente, per quanto troppo genericamente, definiva il diritto «la politica della forza» (cioè misura e assennatezza nel modo di usarla) . Perciò, altresì, il Gumplowicz poteva affacciare la sua geniale teoria secondo la quale gli Stati sorgono sempre soltanto mediante la sottoposizione violenta d'un gruppo sociale da parte d'un altro, si svolgono mediante la lotta tra il gruppo sottoposto e il gruppo dominante, questa lotta produce alla fine il loro disfacimento e il loro riassorbimento nel mare dell'«umanità» da cui sono momentaneamente emersi e che, nemica, quasi a dire, di tali formazioni statali, è sempre all'opera per ingoiarle . – Nè si deve aver nessuna riluttanza a riconoscere che se si vuole che qualunque cosa (il cappello di Gessler, una testa di coccodrillo, o il Santissimo Sacramento) susciti una tale venerazione che la gente si senta spinta da un impulso interiore irresistibile a gettarsi in ginocchio quando ne vede l'immagine e ad avvertire come lesione morale o misfatto il non scoprirsi il capo davanti ad essa, basta sottoporre per due o tre generazioni a una persecuzione inflessibile e costante chi si rifiuta all'ossequio: alla quarta o quinta generazione, la venerazione è diventata interiore, spontanea, è nata cioè quell'autorità morale che, se non è immediatamente una cosa sola con la forza, però, (come bene mise in luce quel pensatore che si può considerare quale l'antesignano del movimento realista contemporaneo, il Kirchmann) si genera da essa. Tanto è vero che morale e diritto (e la stessa «forma» o attività etica e giuridica) anziché essere, come vuole la filosofia della «libertà», produzioni che lo spirito compie attingendo da sé in piena autonomia, sono fatti che lo spirito riceve originariamente dal di fuori di sé e della sua libertà, cioè da formazioni di natura e da situazioni di forza!

Che se alla tesi che sistemi o soluzioni opposte ugualmente razionali hanno tutte luogo sempre nella sfera della ragione, si obbiettasse che ciò non è vero e che ragionando bene si vedrebbe che una sola è veramente razionale (più opportuna, più benefica, quindi sola comandata dalla ragione), la risposta è che può forse darsi che rispetto ad una pretesa ragione assoluta ed in sè o rispetto ad un Dio che veda tutto e scorga le più remote conseguenze d'ogni menomo atto, uno solo di più sistemi o soluzioni opposte sia quello che coincide con la ragione; può forse darsi che ciò sia rispetto all'insieme stesso delle cose e degli eventi considerato in sé e del tutto obbiettivamente o rispetto ad una sua coscienza totale, se esso ne avesse una; ma ciò invece non è per l'unica ragione esistente, l'umana. Non fosse altro perché questa non può percepire sino alla fine le lunghissime e intricatissime linee di conseguenze d'un fatto o d'una disposizione qualsiasi (monogamia, divorzio, voto alle donne, comunismo, o anche solo aumento o diminuzione d'un'imposta), poiché nell'enorme complicazione dei fattori sociali, le conseguenze d'ogni sistema o soluzione rimangono dubbie, suscettibili di previsione diversa, quindi avvolte dal mistero per la ragione umana. Così ne viene che quand'anche in sé o per una ragione assoluta che vegga tutto, una sola sia la soluzione razionale, per la ragione umana molte lo sono ugualmente, molte hanno uguali titoli ad esserlo; e tra esse non dunque la ragione, ma il mero fatto, il fatto arazionale, il fatto di forza, può decidere quale tradurre in realtà.

Nata, come si disse, con la Sofistica antica, questa filosofia dell'autorità si trasfuse nella Scettica, col suo concetto fondamentale che non essendovi un bene o un male in sé (φύσει, πρὸς τὴν φύσιν, κατὰ φύσιν, ossia dalla ragione univocamente determinato come tale) non resta che, attenendosi ai fenomeni (τοῖς φαινόμενοις οὐκ προσέχοντες), seguire i dettami della natura e i precetti e doveri incorporati nel sistema eticogiuridico esistente (ἐθῶν δὲ καὶ νόμον παραδόσει): cioè tra i tanti sistemi razionalmente possibili e giustificabili accettare quello che, nell'incapacità di decisione da parte della ragione, il mero fatto ha reso esistente, ed accettarlo per l'autorità del mero fatto . – E questo concetto degli scettici è anche di portata più ampia di quel che a prima vista appaia. Che cos'è che nella vita, tanto privata, quanto, e, più ancora, pubblica, lega effettivamente gli uomini? Non già le «perfette costituzioni» e nemmeno la semplice forza delle armi. Dagli Efori di Sparta, alle magnae chartae e alla divisione dei poteri, quanti provvedimenti non si sono escogitati per prevenire le usurpazioni e il conculcamento dei diritti e delle libertà! Ma sempre tali provvedimenti si dimostrarono vacue parole di fronte all'atto dell'audace senza scrupoli che è armato e che osa. L'unica forza che può veramente legare gli uomini e tenerli stretti in disciplina morale, civile, politica, è quella del costume, della tradizione, dei «mores maiorum», dell'«assuefazione», come direbbe il Leopardi, che ne faceva quasi il perno ed il centro della sua filosofia – è, vale a dire, la venerazione, diventata istitutiva, del costume e della tradizione, che fa sì che ognuno senta un insormontabile orrore nell'infrangerla; è la barriera, impalpabile ma ferrea, opposta da questa istintiva venerazione del costume ad ogni atto che lo violi. «Omnia sunt incerta, cum a iure discessum est» . E proprio la medesima cosa si può dire riguardo al costume, ai «mores maiorum». Perciò il vero sacrilego è l'uomo che, sia nella vita privata, sia, e più, nella vita politica, scavalca o rompe questa barriera aerea. Perché con tale suo atto esso dimostra a tutti che la barriera da cui sono tenuti in disciplina è veramente aerea e che basta solo superare un senso di «superstizioso» rispetto perché nessuno ne sia più legato. L'esempio, allora, fruttifica, e veramente «omnia fiunt incerta».

Nel pensiero medioevale poi la filosofia di cui parliamo è quella degli scolastici «volontaristi», di Abelardo, Duns Scoto, Occam, Pietro d'Ailly, i quali rinnovando esattamente la tesi del sofista Eutifrone, nel dialogo platonico che porta questo titolo, negano la perseitas del bene e del giusto, negano che il bene abbia per sé, indipendentemente e prima della volontà di Dio, una certa natura, in forza della quale Dio non possa a meno di volerlo (il che toglierebbe la libertà di Dio); ed affermano, invece, che bene è quella qualunque cosa che è voluta da Dio, che Dio con atto della sua immotivata volontà decide essere bene. «Boni vel mali discretio in divinae voluntatis dispositione consistit» (Abelardo). Dio «potest aliam legem statuere rectam, quia si statueretur a Deo, recta esset, quia nulla lex est recta nisi quatenus a voluntate divina acceptatur». «Ideo est bonum, quia a Deo volitum est et non e converso» (Duns Scoto). «Deus autem ad nullum actum potest obligari, et ideo eo ipso, quod Deus vult, hoc est iustum fieri» (Occam). «Divina voluntas nullam habet rationem propter quam determinetur, ut velit». «Nullum est bonun vel malum, quod Deus de necessitate sive ex natura rei diligat vel odiat, nec aliqua qualitas est ex natura rei iustitia, sed ex mera acceptatione divina; nec Deus iustus est, quia iustitia diligit, sed potius contra aliqua res est iustitia, quia Deus eam diligit i. e. acceptat» (D'Ailly). Teoria che se si libera dalla superstruttura teologica, o se si dà a Dio il significato spinoziano di «natura» o di tutto, si vede non essere altro se non il concetto realistico (ed è infatti significante che a tale dottrina in quasi tutti questi pensatori si congiunga il nominalismo, ossia l'empirismo) che il giusto ed il bene non sono determinati dalla ragione, ma dal mero fatto. Teoria quindi di cui doveva costituire l'antitesi quella di Grozio, il quale volendo stabilire un diritto avente vigore nei rapporti tra le individualità statali, poiché sopra di queste non impera il mero fatto d'una legge positiva, non poteva riuscire al suo intento se non sostenendo che buono e giusto sono tali per sé, hanno una perseitas, indipendentemente da tale mero fatto della legge positiva; ed è questa la ragione per cui egli ha approdato a fondare, ad un parto col diritto internazionale, il diritto naturale, per cui diritto internazionale e naturale sorgono insieme. – Nel pensiero moderno siffatta filosofia dell'autorità fu rinnovata da Hobbes («Nulla Boni, Mali et Vilis communis regula ab ipsorum naturis derivata». «Regulae quibus difiniuntur bonum, malum, licitum, illicitum ab habente potestatem summam praescribendae sunt»), e, parzialmente, e con una direzione speciale e una geniale precisazione, come si metterà in luce più oltre, da Spinoza. Più vicino a noi (oltre che in pensatori già nominati) la troviamo riprodotta in Hegel se si scorona il suo sistema della vana e dottrinaria superfetazione della ragione assoluta e impersonale, che non è se non i fatti stessi , la troviamo cioè nel suo concetto della «realtà etica» , contenuto moralegiuridico dato alla coscienza del soggetto dal di fuori di essa, concetto che egli oppone al «vuoto principio» del soggettivismo etico kantianofichtiano . La troviamo, infine, nella science des moeurs la quale afferma anch'essa, proprio con la medesima espressione di Hegel, una «realtà etica», che lo spirito si trova dinanzi già fatta, che non può pensar di creare o di ricreare ex novo dall'interno di se medesimo, ma deve limitarsi a ritoccare e correggere, o, come sopra si è detto, a rielaborare .

Così questa filosofia è filosofia dell'autorità, perché alla «libertà» dell'altra filosofia, consistente nell'attribuire all'io l'autonoma e sovrana creazione di tutta la realtà, oppone che, invece, l'io subisce e deve subire nel campo teoretico l'azione delle «cose» esistenti fuori e indipendentemente da esso, nel campo eticogiuridico l'azione di fatti e formazioni «naturali» e anche della mera forza. È, nello stesso tempo, realismo, perché afferma l'esistenza di una realtà esterna e indipendentemente rispetto all'io. Ed è, altresì, scetticismo. Che sia anche ciò emerge implicitamente già da quanto si è detto. Ma poiché grandissima è la confusione di idee su questo punto, gioverà insistervi.

È opportuno, a tal uopo, prendere le mosse da una proposizione di J. E. Erdmann. «Gli scettici e i mistici di questo periodo (egli scrive, parlando della filosofia del 16001700), anche quelli in cui l'interesse soprannaturalistico è più accentuato, hanno tuttavia preparato il terreno a coloro i quali integrano l'affermazione che lo spirito non possa da se medesimo attingere la verità, non già dicendo che Dio soccorre a tale deficienza, ma dicendo che soccorre ad essa il mondo esterno» . Basta riflettere un momento attentamente a questa proposizione per capire che il realismo non solo è la necessaria conseguenza dello scetticismo, ma che non è se non un altro aspetto di esso.

E per vero, come già si accennò, lo scetticismo non è che antirazionalismo, non è che la negazione del razionalismo. Questo dice (per usare l'espressione dell'Erdmann), che lo spirito attinge da sé la verità, ossia che tutta la realtà è senza residui formazione della ragione (dello spirito), quindi interamente una con la ragione, con lo spirito, con la coscienza, e perciò, come è ovvio, aperta sino in fondo a questa, poiché è fatta da questa, non è che questa. Lo scetticismo, invece, nega la conoscibilità totale della realtà, nega cioè che lo spirito possa attingere da sé la verità. Pur ammettendo che noi possiamo conoscere a priori certe forme generali della esistenza del reale, cioè il fatto che questo si presenta categorialmente concatenato nello spazio e nel tempo e che solo è reale ciò che ha queste forme, scorge con Kant che questo nostro potere di conoscere a priori non va oltre siffatta «Gesetzmässigkeit der Erscheinungen in Raum und Zeit» , e tra il conoscere ciò, tra il sapere soltanto che ogni reale è nello spazio, nel tempo e nelle concatenazioni categoriali, e il conoscere tale reale, c'è un abisso, e conoscerlo non possiamo se non apprendendolo empiricamente. Lo scetticismo scorge ancora che (per usare i concetti di N. Hartmann) la «cosa» che sta di fronte alla conoscenza è infinita, non già perché, o non solo perché, l'universo è un numero infinito di cose, ma perché proprio una cosa singola è infinita perciò che è un serbatoio inesauribile di proprietà le quali vengono scoperte in progressione senza fine. Una parte di tale cosa infinita è «obiettivata» (cioè afferrata dalla conoscenza diventata oggetto di questa); di là di tale parte «obbiettivata» sta in ogni direzione una parte «transobiettiva» sconosciuta, verso la quale gravita di continuo la conoscenza trasformandola via via in «obbiettivata» senza mai esaurire tale compito (e siffatto essenziale gravitare della conoscenza fuori di sé, verso l'elemento non ancora conosciuto, è già la prova evidente dell'esistenza della «cosa» indipendente e fuori dal pensiero. Questa parte «transobbiettiva» è, sì, ontologicamente omogenea alla parte «obiettivata», è, vale a dire, idealmente, potenzialmente, conoscibile. Ma, anzitutto, poiché la «cosa» è infinita, infinita è dunque questa sua parte «transobbiettiva», o, in altre parole, ogni questione risolta suscita questioni sempre più profonde e difficili, sicché si finisce col constatare che l'elemento «transobbiettivo» ossia sconosciuto, prepondera immensamente su quello «obbiettivato» ossia conosciuto, e questo diventa pressoché nulla di fronte a quello. Ben di più. La illimitata suscettibilità dell'Essere a diventar «obbiettivato» (oggetto di conoscenza) è puramente ideale o potenziale; sta, cioè, rispetto a un supposto intellectus infinitus, non rispetto alla ragione umana; nell'essenza dell'Essere o della «cosa» non vi sono limiti alla conoscibilità, ma ve ne sono invece nell'essenza della conoscenza stessa, umana; e siccome questa è l'unica conoscenza o ragione esistente ed è anch'essa Essere, così la limitatezza della conoscibilità da psicologica o gnoseologica diventa ontologica: la parte «transobbiettiva» della cosa nasconde in sé anche il «transintelligibile», l'eterogeneo alla conoscenza, l'irrazionale, e «nulla ci garantisce che il mondo dell'Essere non sia costituito di innumerevoli relazioni che sono inaccessibili alla conoscenza» . Negando dunque lo scetticismo, in tal guisa, la conoscibilità totale della realtà, esso non può far ciò se non negando il postulato fondamentale dell'idealismo o filosofia della «libertà» quello della riduzione della realtà a ragione o coscienza: non può far ciò, quindi, se non ponendo un reale fuori della coscienza che questa non può mai interamente penetrare e risolvere in sé. Insomma, lo scetticismo ha luogo, non quando l'oggetto sia una formazione del pensiero, sia lo stesso pensiero; in questo caso la conoscenza è assoluta; ma quando di fronte al pensiero e fuori da esso sta l'oggetto, diverso da esso, che esso apprende a poco a poco, senza esaurire mai questo compito che, nell'infinità dell'oggetto, è esso stesso infinito. Realismo e scetticismo si congiungono, dunque, naturalmente: l'una visuale dipende dall'altra, condiziona e determina l'altra; meglio, sono due faccie inseparabili della medesima concezione. E a conferma: quanto più si asserisce l'esistenza, o si accentua l'importanza, di elementi razionali puri, a priori, della nostra conoscenza, tanto più si posano i piedi sul terreno d'un sapere certo (sebbene, in realtà, di mera forma, vuoto); ma il carattere d'incertezza e di mera opinabilità del sapere, è una cosa sola col negare l'esistenza degli elementi razionali puri, apriori della conoscenza, o con l'abbassarne l'importanza di fronte agli elementi empirici di essa. L'incertezza della conoscenza è una conseguenza della dipendenza del pensiero dall'esperienza , dipendenza che l'esistenza di un reale esterno ad esso pensiero (cioè la concezione realistica) ci costringe a riconoscere .

Ecco, adunque, come «filosofia dell'autorità», «realismo», «scetticismo», siano denominazioni diverse di una concezione unica, o, se si vuole, concezioni che stanno tra di loro in evidente intima correlazione e ognuna delle quali trae con sé necessariamente l'altra.

CAPITOLO III

DALLA LIBERTÀ ALLA TIRANNIDE

Ma al punto sino al quale (prima di toccare di Schopenhauer) l'abbiamo seguito, il processo del pensiero idealistico prende la seguente direzione.

La Legge e lo Stato, come la morale ed il vero, sono ciò che vuole la ragione propria di tutti, a quella stessa guisa che il bello è ciò che piace al gusto proprio di tutti. Ma potrebbe però darsi che questa ragione propria di tutti e che è in tutti, in tutti non venisse a galla e alla luce e non si facesse valere. Potrebbe darsi che in taluno, pur anche in lui esistendo e facendo udire, per quanto fievolmente, la sua voce, venisse soffocata da altri elementi estranei ed esterni al vero io o ragione, presenti in lui. Potrebbe darsi che essa, pur esistendo, restasse sepolta sotto la greve mora di questi altri elementi. Precisamente come, pur essendo il gusto estetico proprio di tutti, potrebbe darsi che in questo o in quello o nei più venisse deviato e falsato da elementi estranei, così da non poter far più ascoltare e obbedire la propria voce. La ragione di tutti, la cui vita è e ha da essere libertà, che non ha che da essere libera, su cui nessuna prescrizione incombe tranne questa (la quale in realtà non è una prescrizione perché significa: fa quel che vuoi tu), tale ragione di tutti, non è sempre quella che l'uno o l'altro uomo dice e crede essere la sua ragione e il suo io. Né la volontà di quella ragione è sempre la volontà che l'uno o l'altro uomo designa come volontà della sua ragione e del suo io. Quella ragione è la ragione propria di tutti; che v'è, sì, in tutti, ma che in questo o quell'uomo potrebbe non venire o non venire interamente in luce e attività. È, dunque, la ragione che, quand'anche non sia in tutti in luce e attività, dovrebbe esservi, dovrebbe venirvi, deve venirvi. Non si tratta di stabilire che cosa voglia tale ragione propria di tutti, contando i voti. Precisamente come non si contano i voti per stabilire che cosa sia vero. Il vero è ciò che è designato (voluto) come tale dalla ragione propria di tutti, da quella che dovrebbe o deve essere in tutti se anche di fatto in molti è oscurata e tace; non da ciò che questo o quell'uomo dice essere designato come vero dalla ragione in lui (spesso erroneamente, perché questa designazione è data in lui talvolta da elementi altri dalla ragione, e la ragione invece giace in fondo a lui bendata e imbavagliata). Il vero è determinato dalla ragione in sé, propria di tutti, sì, sebbene in taluno o in molti possa giacere sepolta. E poiché tale ragione in sé è appunto la stessa cosa del vero, ciò è come dire che il vero è determinato, non dai pareri degli uomini, che costoro credono dettati dalla ragione in loro e di frequente lo sono invece non da questa ma da altri fattori che essi stessi prendono, spesso in buona fede, per ragione; bensì il vero, ciò che sia vero, è determinato dallo stesso vero: vale a dire dall'intima forza di evidenza e dimostrabilità che esso possiede, cosicché se anche un sol uomo contro tutti, e persino nessuno, lo scorgesse, rimarrebbe sempre il vero. «Verum index sui et falsi»; «veritas norma sui et falsi» . Così precisamente per quanto riguarda la legge. Essa è la libera volontà, non già di ciò che questi o quegli dice e crede essere la ragione in lui, non già dunque sempre della volontà che si esprime coi voti; bensì di quella ragione che è di diritto, se non sempre esplicitamente di fatto, propria di tutti, e che perciò deve diventar esplicita in tutti quand'anche di fatto non lo sia.

Insomma, alla ragione che è in tutti, alla volontà di tutti, va sostituita e si sostituisce la ragione di diritto o idealmente propria di tutti, che dovrebbe e deve essere propria di tutti: la ragione in sé. La ragione che è (deve essere) di tutti è la ragione in sé. Alla ragione degli uomini, va sostituita e si sostituisce la ragione umana, cioè la ragione.

Quale è ora questa ragione propria di tutti, che deve diventar di fatto, se anche talora non lo sia, esplicita in tutti? Che deve diventare in tutti esplicita se anche ora sia in taluno o nei più così implicita e sepolta da essere da essi stessi non vista e negata? Quale è questa ragione vera ragione, questa ragione in sé?

Il modo per determinare quale questa ragione sia è uno solo ed è necessariamente quello. Semplicissimo.

La ragione e lo spirito e l'io che esprime in me la sua parola e la sua volontà, è sicuramente la vera ragione, la ragione in sé, la ragione (che dovrebbe e deve essere) propria di tutti. Lo so, per l'«evidenza» di cui essa è in me provvista. Lo so, per il modo luminosamente «chiaro e distinto» con cui in me si esprime, si palesa, si dimostra; anche qui, il vero è indice e norma di se stesso e del falso: pronuncia cioè l'inappellabile sentenza che quel che c'è in me è esso, è il vero, quel che c'è nell'altro che da me diverge è il falso. Lo so, perché, potendo vedermi all'interno, sono sicuro della sincerità, della spassionatezza, della coscienziosa maturazione che tale ragione in me possiede. Quindi quelli che nella loro espressione esteriore di volontà divergono da tale ragione in me e dalla sua volontà, divergono dalla ragione e dalla volontà della ragione. Perciò io ho il diritto di costringerli, perché, costringendoli, li costringo alla ragione. Anzi costringendoli non li costringo, non violo la libertà, bensì l'affermo, non intacco bensì realizzo, la vita di assoluta libertà dello spirito. Infatti, coloro che divergono dalla ragione in me, poiché questa è la vera ragione, la ragione in sé, quella che è propria di tutti, divergono dalla stessa loro ragione, dalla ragione che è anche nel loro fondo, sebbene sepolta sotto altri elementi (pregiudizi, errori, passioni). Costringendoli, io non faccio altro che liberare la ragione in sé, propria di tutti, che è, benché oppressa e nascosta, anche in loro, dalla grave mora di questi elementi e riportarla alla luce. Costringendoli, libero lo spirito o la ragione in loro; quindi, in quanto uomini, esseri cioè la cui essenza consiste nello spirito o ragione, costringendoli li faccio liberi. Perciò io, ossia la ragione, io come veicolo di quella che è certamente la vera ragione, la ragione in sé, (che deve essere e di diritto è) propria di tutti, ho il diritto di costringere e appunto costringendo attuo l'assoluta libertà della ragione.

Così già Fichte . E così gli odierni ripetitori della sua dottrina. Quando il Gentile pronunciava la celebre frase: «qualunque sia l'argomento adoperato, dalla predica al manganello, la sua efficacia non può essere altra che quella che sollecita interiormente l'uomo e lo persuade a consentire: e quale debba essere la natura di questo argomento non è materia di discussione astratto» – egli non enunciava già una proposizione casuale, isolata, occasionale. Enunciava invece la conclusione pienamente logica e necessaria della sua filosofia, della «filosofia dello spirito». Nel conflitto scoppiato fra Croce e Gentile bisogna perciò dar ragione al secondo in questo limite e senso che la «filosofia dello spirito» è necessariamente dispotismo. Chi ammette che la ragione è una, che lo spirito è uno, che c'è una ragione o spirito assoluti, ossia chi è idealista, deve necessariamente ammettere la legittimità della coercizione e del dispotismo, perché coloro che divergono da quella ragione o spirito che sono uni e fuori dei quali non c'è altra ragione o spirito (ossia coloro che divergono dal come in me con «evidenza» e «chiarezza» la ragione una si rivela essere), sono fuori della ragione o dello spirito. Chi non ammette la legittimità della coercizione e del dispotismo deve (se è logico) essere antidealista, cioè realista, irrazionalista, scettico (tre aggettivi che dicono la medesima cosa). Infatti, l'illegittimità della coercizione e del dispotismo non può fondarsi se non sul pensiero che non vi è ragione una, che le ragioni sono non una, ma più, che non esiste la ragione o lo spirito ma le ragioni e gli spiriti; e che, essendo queste varie e antitetiche ragioni tutte con pari diritto ragione; non essendovi mezzo per stabilire quale tra esse sia la vera ragione, anzi non esistendo affatto tale prototipo di ragione, tale ragioneragione, tale ragione in secondo grado, ossia non esistendo la ragione; così nessuna di queste ragioni può coercire le altre. Siete idealisti? Dovete aderire al dispotismo e all'Inquisizione. Non vi aderite? Dovete essere scettici, cioè riconoscere che non esiste la verità, la ragione, non essere sicuri di essa, dubitare (e questo è lo scetticismo); se la verità e la ragione esiste, se è quella che avete in mano, se ne siete sicuri, non potete [fare] a meno di imporla. Idealismo vuol dire tirannide; tolleranza vuol dire scetticismo. Invano il Croce, per allontanare dal suo capo la responsabilità delle conseguenze del moto intellettuale ch'egli ha iniziato e suscitato, sostiene ora che essa filosofia dello spirito non può essere messa in servizio di nessun partito, e, per conto suo, dà adesione al partito liberale. Questa contraddice (sia pure come una felix culpa) le conseguenze di cui la sua filosofia è pregnante. Le conseguenze vere ed ovvie di essa sono quelle che ha ricavato il Gentile: la legittimità, anzi il dovere della universale e violenta costrizione su tutti i punti in cui i cittadini non pensano come la ragione in sé giunta al potere (cioè come la ragione in coloro che detengono il potere). Filosofia dello spirito è dispotismo. O per essere più giusti ed esatti essa è o anarchia o dispotismo. Anarchia, se accentua la cosa così: volere delle ragioni di tutti. Dispotismo se la accentua così: volere della ragione (che di diritto è e deve essere anche di fatto) propria di tutti. Ma, o anarchia o dispotismo, la «filosofia dello spirito» non è mai né può mai essere la dottrina dello Stato legale o ordinato, d'una convivenza politica civile.

Il processo di pensiero dell'idealismo, testé descritto, si tradusse effettivamente una volta nella realtà politica. Ciò fu durante la rivoluzione francese, nel periodo giacobino di essa.

Il Taine, in mirabili pagine , mette in luce, come lo spirito e il moto giacobino scaturisse precisamente da questo punto di partenza; cioè la credenza nella ragione, nella ragione in sé, nella ragione assoluta, nella ragione come alcunché di eterno, uno ed universale, propria dell'uomotipo, dell'uomo in generale, dell'uomo uomo, e che deve quindi diventar propria di tutti: precisamente, il pregiudizio che forma il centro del razionalismo, dell'idealismo, della «filosofia dello spirito» (solo, relativamente a quest'ultima, se si sostituisce la parola «spirito» alla parola «ragione» – mutazione di parole, che, circa il punto qui in discussione, non altera la cosa); quel pregiudizio che risale alla dottrina di Aristotele, anzi, sotto diverse mascherature non è che sempre ancora questa dottrina, la dottrina cioè del ποιοῦν (o ποιητικὸς νοῦς degli aristotelici) l'intelletto speculativo o attivo, distinto dall'anima vegetale e animale e dall'intelletto puramente percettivo o passivo od empirico (νοῦς παθητικὸς) intelletto attivo che reca e suscita nell'altro le idee universali, le forme concettuali eterne e supreme dell'Essere, le categorie, che è esso stesso eterno, non è prodotto «naturale», non è «natura», ma proviene «dal di fuori» (θύραθεν) di questa, non dipende nella sua attività ed esercizio da alcun organo corporeo, e, esso solo, sopravvive alla morte del corpo: dottrina di cui, specialmente sotto l'aspetto datovi da Averroè dell'intellectus agens, come eterna ragione della specie umana, che non appartiene in proprio ad alcun soggetto, del quale nemmeno l'anima è il vero soggetto, che è puro potere senza substrato , e al quale solo, non all'individuo, spetta l'immortalità, («error indecentior» secondo S. Tommaso), la teoria idealista contemporanea dello spirito o ragione pura, assoluta, in sé, è l'evidente riproduzione . Precisamente, cioè, quel pregiudizio contro il quale, appunto sopratutto in antitesi al giacobinismo, chi scrive queste linee in Italia e immediatamente dopo il Rouger in Francia , diressero le loro argomentazioni.

«Ciò che noi nell'uomo chiamiamo la ragione (scrive il Taine, con visuale perfettamente scettica) non è già un dato innato, primitivo, persistente, ma un'acquisizione tardiva e un composto fragile». «Essa è uno stato d'equilibrio instabile, che dipende dallo stato non meno instabile del cervello, dei nervi, del sangue, dello stomaco». Ogni più semplice operazione mentale è il risultato del giuoco d'una meccanica complicatissima di milioni d'ingranaggi; «se la lancetta segna l'ora a un dipresso giusta, è per effetto d'una combinazione che è una sorpresa, per non dire un miracolo, e l'allucinazione, il delirio, la monomania, stanno di casa alla nostra porta, e sono sempre in procinto d'entrare in noi. A rigor di termini, l'uomo è pazzo, come il corpo è malato, per natura». E «quanto la ragione è zoppicante nell'uomo, altrettanto è rara nell'umanità» . Questo concetto della ragione come mero prodotto incerto e vario dell'organismo umano (cioè il concetto dell'esistenza delle ragioni e non della ragione) è quello che il Taine oppone al concetto d'una ragione una, tipica, assoluta, avente nella sua assolutezza in qualche guisa un Essere, e operante in fondo a tutte le ragioni umane, costituente l'essenza unica di tutte; concetto che, in forme diverse, è proprio di tutti gli idealismi.

Ma il perfetto giacobino non la intende. Per lui la ragione, tipica, una, assoluta, esiste. Essa è quella che è in lui. La verità, ossia la ragione, dunque si manifesta: e «il suo diritto è supremo giacché essa è la verità» . Da ciò il fatto (precisa conferma storica della proposizione dianzi enunciata che anarchia e dispotismo sono le due alternative all'una o all'altra delle quali l'idealismo mette necessariamente capo) che il dogma tipico giacobino, quello della «coscienza della nazione», o della «sovranità popolare», «interpretato dalla folla produrrà la perfetta anarchia, fino al momento in cui, interpretato dai capi, produrrà il perfetto dispotismo» , e il giacobino che «testé denunciava il minimo esercizio dell'autorità pubblica come un delitto, presentemente punirà come un delitto la minima resistenza all'autorità pubblica» . Da ciò il fatto che «caratteristica del giacobino è il considerarsi come un sovrano legittimo e il trattare i suoi avversari non da belligeranti, ma da rei. Essi sono rei di lesa nazione, fuori della legge, buoni da uccidere in ogni tempo e in ogni luogo, degni del supplizio, anche quando non sono affatto o non sono più in stato di nuocere» . Da ciò il fatto che egli «divide i francesi in due gruppi: da una parte gli aristocratici, gli egoisti, insomma, i cattivi cittadini: dall'altra parte i patriotti, gli uomini virtuosi, cioè la gente della setta. Niente di più chiaro adesso che l'oggetto del governo. Si tratta di sottomettere i cattivi ai buoni, o ciò ch'è più spiccio di sopprimere i cattivi» .

E infatti, si sopprimono, tanto «legalmente» (con le «sentenze», dei tribunali rivoluzionari) quanto «illegalmente» (con le noyades e simili). Non solo, ma si diffonde sempre più un'atmosfera mentale secondo la quale siffatte soppressioni o manomissioni sono lecite, anzi patriottiche. Il principale assassino del fornaio François «dichiara che ha voluto vendicare la nazione, e molto probabilmente la sua dichiarazione è sincera; nella sua mente l'assassinio è una delle forme del patriottismo, e il suo modo di pensare non tarderà a prevalere... nessuna opposizione od obbiezione sembra loro tollerabile... ogni dissenso è un segno sicuro di tradimento» ; né in ciò i capi sono dissimili dai gregari, anzi è dai primi che parte l'incitamento: «la plebe giacobina ha trovato lo stato maggiore che le conviene; l'uno e l'altra si intenderanno senza difficoltà; perché il massacro spontaneo diventi un'operazione amministrativa, i Neroni delle fogne non hanno che da prendere la parola dai Neroni del Palazzo di Città» . Non solo ancora. Ma, naturale conseguenza, sotto le minaccie del partito dominante le cui turbe si lasciano invadere le sale di deliberazione, i magistrati sono costretti ad assolvere gli assassini. «In questo processo, la Montagna è in causa. Se costoro sono colpevoli anch'essa lo è. Essa non può tollerare la loro punizione senza consentire alla sua. Bisogna dunque che essa li proclami eroi e martiri» .

Si capisce quindi che non c'è affatto bisogno di conoscere, mediante la votazione, che cosa voglia (esattamente creda e dica che la ragione in essa vuole) la maggioranza. «Si conosce la volontà del popolo e la si conosce in precedenza; quindi si può agire senza consultare i cittadini; non si è obbligati ad aspettare il loro voto. In ogni caso, la loro ratifica è certa; se per accidente essa mancasse, ciò sarebbe da parte loro ignoranza, sbaglio o malizia, e allora la loro risposta meriterebbe d'essere considerata come nulla: quindi, per precauzione e per evitar loro la cattiva, si farà bene a dettar loro la buona» . Perciò al giacobino «poco importa la volontà reale dei francesi viventi, il suo mandato non gli viene da un voto; esso discende da qualcosa di più alto; gli è conferito dalla Verità, dalla Ragione, dalla Virtù. Solo illuminato e solo patriota, egli solo è degno di comandare e il suo orgoglio imperioso giudica che ogni resistenza è un delitto. Se la maggioranza protesta è perché è imbecille o corrotta; e questi due titoli, essa merita di essere domata, e la si domerà» . E intanto il presidente dell'Assemblea, quando questa è giacobina, diventa «il presidente della nazione» .

Ma di qui ancora (cioè sempre dal concetto che esiste la ragione una, assoluta, e che essa, naturalmente si trova in me) la violentazione o la soppressione delle elezioni. L'operazione elettorale «intrapresa dal club locale è stata condotta dal club locale, esso ha battuto a raccolta intorno allo scrutinio, vi giunge in forza, vi parla alto, nomina il seggio, fa le mozioni, stende il processo verbale»; quest'è «il segreto del plebiscito» . Ovvero addirittura: «nel governo ordinario, dice finalmente Couthon, il diritto di eleggere appartiene al popolo, voi non potete privarnelo. Nel governo straordinario, è dal centro che devono partire tutti gli impulsi, è dalla Convenzione che devono venire le elezioni. Voi nuocereste al popolo affidandogli il diritto di eleggere i funzionari pubblici, perché l'esporreste a nominare degli uomini che lo tradirebbero» . Quindi le strade e le sale invase da «ces terribles aboyeurs armés de bons gourdins noueux longs de deux pieds et qui sont d'excellents cassetête» «les tapedurs, comme ils s'appellaient euxmêmes» . Quindi il club giacobino che costringe gli «ufficiali municipali a dare le loro dimissioni» o che «fa sospendere fino a nuovo ordine le elezioni municipali» . Quindi la chiusura di quei circoli costituzionali contro cui si sferra l'ira e l'assalto dei giacobini («la municipalité fait murer incontinent les portes du cercle assaillé et lance contre ses membres des mandats d'arrêt») e la curiosa pratica di mettere in prigione la gente per difenderla dalle aggressioni («quatrevingt membres, meurtris de coups, sont enfermés, pour leur sûreté, à la citadelle»).

Sempre da quel concetto, inoltre, la manomissione violenta e arbitraria della stampa, come quando una commissione si presenta a Mallet Dupan e gli intima di cessare i suoi attacchi «senza di che si eserciterebbero contro di lui le estreme violenze»; e alla sua risposta che egli intende obbedire solo alla legge, gli altri replicano: «voi siete contro la volontà generale. La legge è l'impero del più forte. Noi vi esprimiamo la volontà della nazione e questa è la legge. Voi non dovete opporvi alla volontà del popolo; altrimenti, è un predicare la guerra civile e irritare la nazione». Lo si minaccia «di trattare la sua casa come quella di de Castries dove tutto era stato frantumato e gettato dalle finestre» , tutto ciò giustificando col dire che è naturale che l'«impazienza dei buoni cittadini faccia loro prevenire gli ordini legali e che essi non possano assoggettarsi alle forme lente della giustizia quando è questione di salvare la patria»). Sempre da quel concetto la teoria del «trema, muori o pensa con me» , la teoria del «noi faremo un cimitero della Francia piuttosto che non rigenerarla a modo nostro» . Sempre da quel concetto l'avversione alla cultura, poiché è chiaro che chi ha già in sé, per intuizione infallibile», la ragione e la verità, non sappia che fare di «sottigliezze»; il dilemma di Omar è sempre proprio del perfetto giacobino; o la cultura asserisce quel che è la (sua) verità ed è inutile, o vi contraddice ed è falsa e dannosa; la frase di Coffinhal a Lavoisier che gli chiedeva di prorogare per alcuni giorni la sua esecuzione capitale per dargli tempo di finire alcuni esperimenti: «la repubblica non ha bisogno di scienziati» , è il simbolo e l'espressione eterna di ciò che pensa il giacobinismo della cultura. E, concomitantemente a ciò, la gente nulla o discreditata, Desmouline, Loutstolat, Brissot, ecc., balzata improvvisamente ai primi posti ; quel fatto cioè, comune a tutte le situazioni analoghe, che Cicerone prevedeva così bene in quella, simigliante, che gli stava dinanzi («turpissimorum honores») , e che da Catullo strappava l'accento di profondo sconforto:

Quid est, Catulle? quid moraris emori?

Sella in curuli struma Nonius sedet:

Per consulatum peierat Vatinius;

Quid est, Catulle? quid moraris emori? .

Ancora, per conseguenza, l'illusione, tipica del giacobinismo, di iniziare l'êra nuova e definitiva della vita dell'umanità. «All'avvicinarsi del 1789 è pacifico che si vive nel secolo dei lumi, nell'età della ragione, che precedentemente il genere umano era nell'infanzia, che oggi è diventato maggiorenne. Finalmente la verità si è manifestata, e, per la prima volta, si sta per vedere il suo regno sulla terra». «Tutti unanimi in ciò che la tradizione è il nemico». E Barrère scrive: «Voi siete chiamati a ricominciare la storia» . Da ultimo, sempre da quel concetto che la ragione una ed assoluta esiste e che essa è in me, la teoria giacobina dello Stato: costruzione concettuale d'un tipo umano, «sforzo per adattarvi l'individuo vivente, ingerenza dell'autorità pubblica in tutte le sfere della vita privata, costrizione esercitata sulla religione, sui costumi e i sentimenti, sacrificio del privato alla comunità, onnipotenza dello Stato, tale è la concezione giacobina» .

Siffatta concezione, e, in generale, siffatta pratica politica, deriva necessariamente, come s'è mostrato, dalla credenza nella ragione o spirito uno, proprio di tutti, che deve essere in tutti, che è assolutamente libero, naturalmente in quanto in sé, il che significa in quanto nel suo in sé si rivela in me; e che io ho dunque il diritto e il dovere di imporre agli altri, senza lesione, anzi con rivendicazione, della libertà di esso spirito in loro. Tale credenza stava davanti ai giacobini nella formulazione datavi da Cartesio e da Rousseau, la proposizione del quale, che il sovrano (ossia, per lui, il popolo) non può obbligarsi, perché per obbligarsi occorre avere di fronte l'altro con cui si stringe il patto, altro che qui non c'è, essendo il sovrano (il popolo) la totalità, sicché, non potendo egli obbligarsi contrattualmente verso se stesso, non può nemmeno esistere alcuna legge fondamentale (costituzione, statuto) regolatrice o limitatrice del suo potere, che egli sia tenuto ad osservare , tale proposizione costituiva precisamente il punto di trapasso dalla «ragione e volontà di tutti» come libertà alla «ragione e volontà di tutti» come tirannide, e in mano quindi del giacobino, che è colui nel quale, s'intende, parla la ragione e la volontà (che deve essere) propria di tutti, del giacobino, che è quindi colui che, s'intende, impersona la vera volontà di tutti, la vera «coscienza nazionale» (quand'anche questa, negli altri, per errata interpretazione che essi fanno della loro stessa profonda volontà e ragione, si esprima diversamente) conduce alla conseguenza che «in luogo della mia volontà, v'è ormai la volontà pubblica, ossia, in fatto, la rigida arbitrarietà dell'individuo che detiene il potere pubblico» . Tali effetti pratici produceva all'epoca giacobina quella teoria nella sua formulazione cartesianaroussoviana. Non perché essa prenda la formulazione datavi da Kant e da Fichte (o dai loro ripetitori contemporanei) può produrre risultati concreti diversi. Essa finisce sempre necessariamente per formare quello stato di mente che asserisce: ciò che io penso è la verità, son certo che è la verità; ciò che penso, dunque, poiché è la verità, deve intransigentemente, intollerantemente, a costo d'ogni violenza, attuarsi. Ogni volta che è presente una tale mentalità (qualunque sia la definizione e il linguaggio con cui si ammanta), prodotto inevitabile del razionalismo o idealismo, si è in presenza d'una mentalità giacobina» .

Lo Stato «etico» od «organico», quindi, che viene opposto allo Stato «agnostico», lo Stato «etico», od «organico» che ha appunto la missione di far penetrare nelle coscienze l'eticità (quella che come «verum index sui et falsi» si svela per tale nella mente di chi così predica); lo Stato che vuol dare alle generazioni una «forma mentis», quella che corrisponde alla ragione o spirito in sé, alla ragione o spirito cioè che con irrecusabile «evidenza» e certezza si dimostra essere in sé in coloro che lo propugnano – tale Stato è nient'altro che lo Stato giacobino. Quando si insorge contro la concezione politica della rivoluzione francese e si pretende di avere, mediante lo Stato «etico», od «organico» fondata una concezione politica opposta, di solenne importanza storica, che si sostituirà a quella, si cade, ingannati dalla parola con cui ci si è ai propri stessi occhi mascherata tale concezione, in un abbaglio incredibile, si dimostra di essersi resi ciechi al fatto evidente che siffatta concezione è, invece, quella stessa dominante nella rivoluzione francese: è, vale a dire, la riproduzione esatta dello Stato giacobino. «Volontà del popolo», «volontà generale», «coscienza nazionale», «nazione», sono appunto i principî o miti tipici del giacobinismo. E quando si illustra la concezione dello Stato «etico» o «organico» dicendo che si tratta di affermare la superiorità dell'organicità statale sulla disintegrazione molecolare individualistica propria dello Stato «agnostico», ossia, in sostanza, di stabilire che piuttosto l'individuo è per la totalità e per lo Stato (patria, nazione), anziché lo Stato per l'individuo, non si fa altro se non ripetere precisamente quel che voleva Rousseau, il grande evangelista della rivoluzione francese: «Les bonnes institutions sociales sont celles qui savent le mieux dénaturer l'homme, lui ôter son existence absolue pour lui en donner une relative, et transporter le moi dans l'unité commune; en sorte que chaque particulier ne se croie plus un, mais partie de l'unité, et ne soit plus sensible que dans le tout» . Quindi non si fa altro se noncontinuare l'opera di Robespierre, che egli enunciava così: «Tutto ciò che tende a concentrare le passioni umane nell'abbiezione dell'io personale dev'essere respinto e represso» .

CAPITOLO IV

DALL'AUTORITÀ ALLA LIBERTÀ

Opposto è il percorso, che, del pari per necessaria conseguenza delle sue premesse, segue la «filosofia dell'autorità».

La «filosofia dello spirito», dice: esiste una ragione una, in sé, assoluta, propria di tutti e che deve essere quindi in tutti; io la posseggo; dunque ho il diritto e il dovere di imporla.

Perciò, la «filosofia dello spirito», trapassando in politica, diventa sempre necessariamente la politica che si vide in azione nell'epoca giacobina della rivoluzione francese, la politica cioè che pretende estendere il suo imperio illimitatamente e su tutti i campi, appunti cioè su tutta la sfera dello spirito, perché, dato il punto di partenza, tutta questa è legittimamente e di diritto a sua esclusiva disposizione: dal modo di vestire e salutare alla religione da insegnarsi e da professarsi; dal partito a cui bisogna appartenere per essere retti («patrioti», «nazionali») alle associazioni, anche innocue, cui appartenere non si può, a quello che, pur non vietando la legge, si può scrivere o dire. Ossia, per necessaria conseguenza del suo punto di partenza speculativo, la «filosofia dello spirito», diventa sul terreno politico quello che si chiama propriamente dispotismo, dispotismo terribile ed implacabile, come fu appunto il giacobismo .

La «filosofia dell'autorità» dice al contrario: non c'è una ragione una, non c'è la ragione; vi sono invece tante ragioni più, che tutte sono, col medesimo diritto, ragione. Nel conflitto tra di esse non può decidere la ragione perché tutte sono ugualmente ragioni. Non può decidere che un fatto extrarazionale, come la forza o la mera autorità, la quale ha dunque, in tale concezione, il medesimo significato e la medesima importanza dell'estrazione a sorte cui può essere necessario ricorrere per decidere su punti circa i quali nessun argomento o motivo razionale indica una piuttosto che l'altra soluzione. Ma appunto perché questa concezione implica (perfettamente al contrario di quel che ha luogo nella «filosofia dello spirito») la consapevolezza che la ragione che si impone non è già più ragione di quel che lo sia la ragione che l'imposizione subisce, ne deriva che in tale concezione l'imposizione e la forza viene limitata ai soli pochissimi punti essenziali e in tutto il resto esercitata la massima tolleranza. Impongo – dice questa concezione – non perché io possegga la ragione in sé e avrei diritto d'imporre. Impongo unicamente perché, dovendosi alla fine uscire dalla discussione e passare all'azione, bisogna che una delle due opposte visuali, per ciascuna delle quali militano pur sempre ragioni, ciascuna delle quali pure la ragione suffraga, trapassi nei fatti. Impongo dunque solo per la disgraziata necessità che essendo le ragioni più, esse non possono decidere, che non v'è la ragione che possa emanare la sentenza legittima. Impongo, consapevole che la mia non è già la ragione, vale a dire la ragione in sé, assoluta, e l'altra una contraffazione, simulazione o falsificazione della ragione. Impongo, insomma, consapevole che potrei aver torto. Perciò, onde espormi il meno possibile ad imporre ciò che non ha nessun diritto a dirsi la ragione, restringo quanto posso, restringo ai soli punti fondamentalissimi ed essenziali della vita politica, la sfera dell'imposizione. Per tutto il resto, appunto perché sono conscia di non aver in pugno la ragione, lascio alle varie ragioni diverse libero giuoco.

Perciò la concezione statale della «filosofia dell'autorità» è, essa sì veramente, l'antitesi di quella della rivoluzione francese; il suo Stato l'antitesi dello Stato giacobino (o «etico» o «organico»), che è poi anche quello dell'Inquisizione medioevale, quello cioè sempre necessariamente proprio, sotto queste diverse denominazioni, della «filosofia dello spirito», della filosofia, cioè, che afferma l'esistenza d'una ragione o spirito uno ed in sé, assoluto, universale, il quale è implicitamente e di diritto, e deve diventare esplicitamente e di fatto, comune a tutti. Lo Stato, invece, della «filosofia dell'autorità» è lo Stato che, fermo, saldissimo e risoluto in quello che impera, pone però da sé a se stesso limiti assai circoscritti a questa sfera del suo imperio, e la restringe a ciò che è assolutamente imprescindibile all'esistenza della compagine civile e politica. Lo Stato il quale, conscio che non esiste ragione una, spirito uno, assoluto, che come tale quindi sia quello che deve esistere in tutti, che perciò un uomo, sicuro di possederlo, abbia diritto di imporre agli altri; conscio invece che la ragione è non una ma più, che esistono più ragioni ciascuna delle quali è ragione con la medesima legittimità dell'altra; ponendosi su tale terreno realista, o irrazionalista, o scettico, partendo dal quale soltanto è possibile approdare nel campo politico pratico a queste conclusioni; capisce che l'azione e l'autorità dello Stato deve essere limitata alle poche cose essenzialissime alla convivenza sociale, e per tutto il resto, poiché sa che non c'è ragione una, che non c'è la ragione, che esso non ne è in apodittico e sovrano possesso – per questi motivi pei quali cadde l'Inquisizione – lascia spazio alla libera azione individuale e al nonconformismo . È perciò lo Stato che, appunto in contrapposizione allo Stato giacobino, maestrevolmente delinea il Taine , lo Stato che emerge dalle considerazioni del Mill nel libretto On Liberty; lo Stato di cui W. v. Humboldt, nel suo celebre volume, ha segnato le funzioni e i confini. È lo Stato limitato, sì, nella sua sfera d'azione, ma che nell'interno di questa è tutt'altro che «agnostico», se agnostico vuol dire imbelle, e che anzi, appunto perché consapevole di sé e dei suoi limiti, consapevole dell'inesistenza della ragione in sé ed assoluta, consapevole dei limiti della ragione, sa tenere ogni ragione (ogni visuale, ogni partito), nei limiti di tale consapevolezza, impedire cioè che si arroghi la funzione di ragione assoluta e faccia quindi suo libito dello Stato – il che equivale a dire sa difendere la propria concezione dei limiti del potere, ossia se stesso.

Di qui l'apprezzamento, così esatto e misurato in entrambe le direzioni da escludere con tutta precisione tanto il troppo quanto il troppo poco, che la filosofia dell'autorità è in grado di fare del principio della maggioranza.

Si vide che la filosofia dello spirito è filosofia della libertà nel senso che essa asserisce che l'io o la ragione ricava e svolge, e deve ricavare e svolgere, unicamente dal suo proprio fondo, senza essere determinata e dipendente da nulla di esterno a sé, ossia di empirico. In una parola, la «filosofia dello spirito» è filosofia della libertà unicamente in quanto è razionalismo assoluto (cioè per essa la ragione è assolutamente indipendente dai dati empirici, sovrana su questi). Ma si vide anche come, proprio perché è ciò, essa vada necessariamente a sboccare nel dispotismo.

Si vide pure che la filosofia dell'autorità è tale sostanzialmente nel senso che essa è antirazionalismo, anziché razionalismo. Nel senso cioè che essa dice: la ragione od io prende e deve prendere ogni suo contenuto dal di fuori di sé, dal campo empirico: anziché possedere rispetto a questo quell'assoluta indipendenza da esso, in cui consiste la «libertà» per la «filosofia dello spirito», è da esso totalmente dipendente; il fatto esteriore, empirico, la domina e la dirige e deve dominarla e dirigerla; senza questo e la sua guida essa non approda a nulla, nulla ricava dal suo solo fondo, anzi non è nulla.

Mentre, insomma, la filosofia della libertà diviene effettivamente la dottrina della violenza bruta e dell'oppressione capricciosa, la filosofia dell'autorità non intende, con quest'ultima parola, autorità d'un uomo o d'un partito (che in questo caso si tratterebbe ancora di libertà, cioè della sua libertà, del suo capriccio), ma intende principalmente autorità obbiettiva, del fatto esteriore naturale e sociale, che s'impone all'uomo e alla sua ragione.

Ora tra i fatti empirici esteriori da cui la filosofia, che perciò si chiama dell'autorità, non può non riconoscere che la ragione dev'essere dominata e diretta, c'è anche il fatto, puro fatto empirico e non razionale, del parere, della volontà, degli istinti, delle consuetudini della maggioranza; tra gli altri, questi puri fatti empirici ed extrarazionali devono, per la filosofia dell'autorità, diventar dominanti sulla pretesa «pura» ragione, essere da questa tenuti in conto, guidarla e determinarla .

Ma, nel medesimo tempo, la filosofia dell'autorità scorge i limiti di questo principio della maggioranza. Li scorge appunto perché essa non è razionalismo, e questo principio non rappresenta affatto per essa (come per la dottrina democratica) un principio di ragione pura, assoluta, un principio «razionale». Invece, detto principio non è per essa che un espediente empirico, un mero fatto, e precisamente un fatto di forza (forza cui si è dato convenzionalmente un'espressione civile in sostituzione di quella brutale) onde chiudere lo scambio oramai inutile, perché senza fine, delle ragioni, con la decisione di fare quel che sancisce la maggioranza, non già perché questa sia più nel giusto o nella «razionalità» della minoranza (molte volte si vede poi che la cosa sta all'opposto), ma semplicemente perché si presume che da parte della maggioranza stia la prevalente forza materiale, che essa quindi avrebbe il sopravvento nella lotta fisica la quale affinché si possa passare dalla discussione all'effettuazione, dovrebbe conchiudere lo scambio interminabile degli argomenti a pro dell'uno e dell'altro divisamento . Ma appunto quando il principio della maggioranza viene così ravvisato (a differenza che nelle dottrine democratiche) non già come un principio assoluto e «razionale», ma come un semplice fatto e un espediente empirico, si è anche in grado di scorgerne e fissarne i limiti. Si acquista allora la consapevolezza che vi sono sfere (p. e. la religione, il pensiero, la libertà di locomozione e domicilio, ecc.) in cui alla volontà della maggioranza, e nemmeno dell'unanimità meno uno, è lecito imporsi, e che uno Stato è veramente autorevole e civile precisamente solo quando sa rintuzzare ogni pretesa della maggioranza di far valere la sua volontà sopra l'individuo nell'ambito di queste sfere. Alla luce di questa concezione realistica del principio di maggioranza il più esatto criterio del limite da porsi a questo è forse quello del Popper; «per i bisogni secondari, il principio della maggioranza; per i bisogni fondamentali, il principio dell'individualità garantita» : criterio che forse si potrebbe precisar meglio così: per i bisogni fondamentali rispetto alla vita spirituale dell'individuo e secondari rispetto all'esistenza politicaeconomica dello Stato, il principio dell'individualità garantita; per i bisogni fondamentali dal secondo punto di vista e secondari dal primo, il principio di maggioranza.

Un'analoga visuale reca la filosofia dell'autorità nel problema della libertà. Essa scorge benissimo la contraddittorietà e l'astrazione che v'è nell'idea di libertà, se questa si tiene presente e si reclama come principio avente carattere di assolutezza, totalità, universalità: ciò da un lato perché libertà vuol dir sempre potere da esercitare, quindi azione su altri, dominio, sicché nella sua assolutezza, essa diventa tirannide ; dall'altro lato perché la libertà in generale è insignificante, vuota, irreale, impossibile e solo è significante la libertà di qualche cosa e da qualche cosa. Ma accanto a ciò essa scorge altresì che bene ha un senso richiedere, non la libertà in astratto e in generale, ma determinate libertà in concreto, non la libertà, ma le libertà, ossia poteri, facoltà; e che, come la libertà è irreale e impossibile, così le libertà sono ineliminabili da un consorzio umano (come pure scorge che molte volte la richiesta, apparentemente astratta, della libertà in generale, non significa se non la richiesta d'una certa libertà concreta). Respingendo ogni astrazione, rifiutando ogni ossequio a pretesi «immortali principî» astratti, la filosofia realistica dell'autorità avverte però chiaramente che uno Stato civile non può quindi, per essere «organico» e non «atomistico», menomare o lasciare indifesi poteri o facoltà concrete dell'individuo, quali l'inviolabilità del domicilio, l'integrità personale, la libertà di locomozione, di residenza, di espressione del pensiero, l'habeas corpus. Anzi uno Stato che vuol essere «organico» deve proteggere con somma cura e inflessibilità siffatti diritti degli individui, non perché sono degli individui, ma perché sono il diritto, quel diritto la cui costruzione obbiettiva è appunto parte essenziale dello Stato «organico». Il carattere «organico» dello Stato non ha senso che in ciò: nel far rispettare rigorosamente da tutti, anche dai più potenti partiti, anche dalla maggioranza che non lo volesse, anche dalla unanimità meno e contro uno, il diritto perché è diritto, il diritto che è sempre di individui viventi; altrimenti c'è non già «organicità», ma disorganizzazione dello Stato. In sostanza, il pensiero d'una filosofia dell'autorità su questo punto non può essere dissimile da quello che il più grande teorico del conservatorismo prussiano, lo Stahl, difendendo dagli attacchi dei liberali l'opera in senso conservatore che egli aveva svolto alla Camera prussiana dopo il 1848, esprimeva così: «Io e i miei amici ci siamo opposti al ripetuto sforzo di instaurare per via legislativa una forma di governo assoluto e abbiamo sempre guarentiti i diritti di rappresentanza territoriale compatibili con la monarchia. L'infrangibile diritto della persona e la libertà di pensiero e di moto spirituale non è meno il nostro fine di quello che sia per il partito liberale. Il governo arbitrario, l'assolutismo, la sottoposizione mediante forze meccaniche non è, perciò, veramente il nostro ideale e nemmeno il nostro interesse. Noi, per di più, non abbiamo niente di comune col consiglio di ristabilire l'ordine e la possibilità del governo (o forse solo la comodità del suo esercizio) mediante atti di forza e violazione della legge e del giuramento; niente di comune con l'eccessivo lealismo, secondo il quale tanto maggiore è la correttezza politica, quanto più completa la rinnegazione di tutto ciò per cui da un secolo si lottò come libertà e bene... Colpa dell'autorità è anche, in grado non minore, trascorrere oltre la legge e il giuramento; in luogo della via della legalità prescritta da Dio, la quale richiede pazienza e persistenza, battere, scegliendola di propria testa, la via della violenza, o sfruttare per i propri capricci o fini particolari l'ufficio consacrato al bene pubblico» . Così pensa una filosofia politica che caldeggia un'autorità solida e duratura, e, appunto per ciò, la vuole non capricciosa, arbitraria e avventata, ma assennata e misurata.

Infine, una soluzione analoga, cioè rispettosa ugualmente delle opposte esigenze, è in grado di arrecare la filosofia realistica dell'autorità alla questione dell'elettorato. Il quale non ha per essa (come per le dottrine democratiche) alcun titolo o particolare privilegio di «razionalità» per dover essere l'unica fonte del potere. Quella filosofia, invece, pensa che accanto ad esso, e precisamente per togliere la sua onnipotenza o anche solo la sua eccessiva potenza, altre fonti di potere (come l'eredità o il possesso di determinate funzioni o attività sociali, tra le quali forse la proprietà) vi debbono essere . Ma non per questo essa ritiene che l'elettorato non debba anch'esso essere una delle fonti del potere, accanto alle altre, nè può quindi opinare che esso debba essere soppresso o ridotto a un'irrisione, poiché con ciò (come emergerà da considerazioni che seguiranno) ne scapita precisamente la forza, ossia l'autorità, dello Stato. Su questa questione una filosofia realistica dell'autorità può fare interamente proprio il pensiero di S. Tommaso, che giova richiamare nella sua genuinità, e che è questo: «Circa bonam ordinationem principum in aliqua civitate vel gente, duo sunt attendenda. Quorum unum est, ut omnes aliquam partem habeant in principatu; per hoc enim conservatur pax populi et omnes talem ordinationem amant et custodiunt. Unde optima ordinatio principum est in aliqua civitate vel regno, in quo unus praeficitur secundum virtutem, qui omnibus praesit, et sub ipso sunt aliqui principantes secundum virtutem, et tamen talis principatus ad omnes pertinet, tum quia ex omnibus eligi possunt, tum quia etiam ab omnibus eliguntur. Talis vero est omnis politia bene commixta ex regno, inquantum unus praeest et aristocratia inquantum multi principantur secundum virtutem, et ex democratia, idest potestate populi, inquantum ex popularibus possunt eligi principes, et ad populum pertinet electio principum; et hoc fuit institutum secundum legem divinam». V'è qui, in queste parole di S. Tommaso, una precisa delineazione d'un perfetto sistema di governo misto, la determinazione della funzione dell'elettorato in esse, e l'indicazione del motivo fondamentale che richiede tale compartecipazione mista e in forma e grado diverso di tutti al potere: il motivo della forza che da tale universale compartecipazione viene allo Stato, motivo che, come fra un momento diremo, Spinoza fu quegli che mise con maggior vigore in piena luce.

Resta alla filosofia dell'autorità di cercar di stabilire come si possa distinguere la forza che genera il diritto, da quella che non lo genera, la forza giuridica dall'antigiuridica. Poiché è chiaro che v'è una forza (p. e. quella del rapinatore) che nessuno può pensare come fondatrice d'una situazione di diritto.

Questo esame ci permetterà di precisare e circoscrivere la concezione sin qui svolta.

In via preliminare va osservato che se, come si disse, non c'è cosa, la quale mediante la persecuzione costantemente applicata per generazioni, non possa diventar oggetto di spontaneo rispetto e venerazione, non giova a chi possiede ed usa la forza trascurare una distinzione essenziale. Fuor d'ogni cavillo, la distinzione è chiara. Vi sono soluzioni o disposizioni le quali fuoriescono completamente dalla sfera della ragione (poniamo 2 + 2 = 5, o l'obbligo di salutare il cappello di Gessler infisso ad un palo); vi sono invece altre soluzioni, le quali, pur essendo antitetiche tra di loro, trovano tutte sede nel campo della ragione, la ragione cioè non riesce ad espungerne definitivamente una, la ragione fornisce di continuo ragioni per tutte (poniamo, monarchia o repubblica; collettivismo o industria privata, ecc.). Quest'ultimo è appunto il campo, in cui, non essendo la ragione capace di decidere, utilmente, anzi necessariamente, interviene la forza ed opera essa la scelta; e in questo caso la forza è generatrice di diritto. Ma se la forza, invece, pretendesse imporre qualcuna delle cose del primo tipo, una soluzione o disposizione che fuoriesce del tutto dalla sfera della ragione, vi riuscirebbe, sì, per un certo tempo. Però poiché la ragione non può essere definitivamente posta in silenzio: poiché non ostante ogni repressione essa, presto o tardi, mette in opera la sua lima roditrice; così sotto l'azione incessante di questa, a poco a poco le costruzioni di forza, fondate fuori da quella raggiera di soluzioni, tutte, per quanto opposte, giustificabili dinanzi alla ragione, e fondate invece su ciò che è con questa in incolmabile contrasto, finiscono per andare in rovina . Qui la forza, invece di fondare il diritto, pretende di fondare l'assurdo, e in questa pretesa distrugge se stessa. L'insuccesso del tentativo, pur poderosamente condotto, dei poteri pubblici medioevali per obbligare il mondo a rimaner fermo nella credenza alla religione cattolica, può servire di prova.

Ma inoltre. La dottrina dell'autorità asserisce che non esiste il diritto o la morale, bensì più sistemi contrastanti ed ugualmente valevoli (ugualmente giustificabili di fronte alla ragione) di diritto e di morale, dei quali diventa il diritto o la morale quello che è suffulto da maggior forza. Si deve dunque anzitutto trattare d'un sistema di diritto o di morale, d'una concezione di diritto o di morale, vale a dire concezione d'un complesso di norme o di pratiche o di idealità con le quali regolare la condotta umana nel suo insieme, concezione che risulti tale, che risulti cioè di diritto o di morale, a coloro stessi che la impongono, e che possa dimostrarsi o giustificarsi tale davanti alla ragione, (vale a dire che appartenga alle πιθανά o probabilia della Scettica accademica). Resta quindi negata la giuridicità o il carattere di genetratrice di diritto alla forza di origine e fini individuali e personali (sia d'un uomo sia d'un partito), alla forza, anche spiegata nel campo politico, in quanto o per quel tanto che essa sia, non già disinteressatamente diretta ad instaurare un sistema di diritto o di morale, ma semplicemente ad effettuare o consolidare la conquista del potere in mano d'un uomo o d'alcuni uomini e ad assicurare lo sfruttamento dei vantaggi personali che da ciò derivano; e resta, nel medesimo tempo, negato quel carattere alla forza che, come sistema di diritto, pretenda imporre degli ἀπιθανά, principii o pratiche in palese contrasto con i bisogni, le tendenze, le opinioni d'un determinato momento storico, visuali capricciose e personali, in piena contraddizione con le condizioni generali e che appaiono assurde al maggior numero delle ragioni. Forza, spiegata nel campo politico, è tanto quella di Washington e di Cromwell, quanto quella di Gessler, di Cesare Borgia o dei Giacobini negli episodi che abbiamo sopra ricordati. Ma forza generatrice di diritto, perché provvista del carattere testé indicato, è solo la prima. E da ciò deriva altresì la possibilità di determinare l'aspetto esteriore che presenta la forza suscettibile di generare ciò che è diritto e non capriccio od arbitrio. Essa, cioè, come forza ordinata a servizio di un sistema di idee, ossia di un sistema di morale o di diritto, non è mai forza di parte (come quella dei clubs giacobini nel periodo rispettivo della rivoluzione francese), ma forza che emana dalla stessa complessiva struttura politicosociale, e quindi che è per gran parte costituita, come si disse, dall'adesione a quel sistema di idee della grande maggioranza del gruppo sociale in questione.

Tutti questi caratteri distintivi di ciò che, pur generato dalla forza, è diritto, in confronto di ciò che è mero arbitrio, si concentrano forse nella formula dello Stammler. Il quale dopo aver constatato che il diritto è coazione («Zwangsbefehl»), quindi atto di forza, si preoccupa appunto di vedere come si distingua dagli altri comandi coattivi quello che è «diritto», quali note dunque rendano possibile di separare il «diritto» dagli atti d'arbitrio soggettivi. La sua soluzione è la seguente. Siamo in presenza del mero arbitrio, e quindi di una forza bruta, quando colui che emana la prescrizione «non considera questa come una norma che debba obbiettivamente vincolare le relazioni degli uomini, ma piuttosto vi dà il significato d'un soggettivo appagamento dei desiderii del detentore del potere mediante il vincolo imposto solamente agli altri». Siamo invece in presenza di diritto «quando quegli stesso che comanda vuole essere vincolato dalla regola da lui emanata;... allorché chi comanda non è vincolato, si tratta di bruta forza d'arbitrio; non c'è un comando che abbia validità inviolabile e quindi non c'è diritto. Colui che comanda deve essere anch'egli vincolato al comando; finché questo sta per i sottoposti, deve stare anche per coloro che comandano». In siffatto carattere, che egli chiama «il concetto dell'inviolabilità» («Unverletzbarkeit»), lo Stammler trova la nota che distingue quel comando di forza che è diritto da quello che è semplice violenza bruta . E il pensiero è sostanzialmente giusto, e, debitamente interpretato e allargato, permette in realtà di operare efficacemente tale distinzione nei casi concreti che la vita socialepolitica presenta. Si tratta in fondo del criterio dell'uguale applicabilità a tutti di ciò che (pur essendo prodotto e ingiunzione di forza) è però pensabile come alcunché d'essenzialmente diverso dalle ingiunzioni, per es. d'un Passatore, e come invece appartenente alla sfera della giuridicità, al diritto. Ciò che vuole e impone la forza, promana da una sua volizione giuridica, da un suo sentimento di diritto, e diventa quindi una di quelle disposizioni che vanno obbiettivamente definite come «diritto», quando la forza lo vuole riguardo a tutti senza fare eccezioni, né dichiarate né mascherate; è arbitrio e violenza bruta (e promana in modo più o meno consapevole, non da un sentimento di diritto, ma da cupidigia egoistica o partigiana) quando lo vuole solo rispetto ad alcuni: e il mezzo appunto con cui l'uomo o il partito, che tiene il potere, può rischiararsi gli occhi, spesso offuscati, circa il punto se ciò che esso vuole ed impera sia diritto o arbitrio (interesse personale, partigianeria, ecc.) è proprio quello di scrutare coscienziosamente se ciò che essa comanda lo comanda e lo vuole sopra, in considerazione, a riguardo d'alcuni soltanto, ovvero della totalità. Insomma, uso la forza: posso usarla sia per rubare, o, come Clodio, per invadere il domicilio di Cicerone, distruggerlo e appiccarvi fuoco, sia per dare ad un popolo una nuova costituzione o un nuovo codice. Quando il prodotto della forza è diritto, quando è delitto? È diritto quando ciò che impongo con la forza intendo debba valere come una norma che vincoli tutti, compreso me e i miei partigiani. È delitto nel caso contrario. Così, tale criterio ci permette di discernere in generale che ci si trova di fronte a un prodotto di forza che è pura brutalità e non diritto, quando il partito, la classe o la religione al potere usa di questo per imporre alcunché solamente riguardo agli altri, a coloro che non appartengono ad essa classe, partito o religione, e per far soggiacere solo questi altri a determinati obblighi o divieti, per es. a limitazioni nella espressione del pensiero, nella propaganda, nella facoltà di associazione e riunione, nell'esercizio del culto. Così ancora, e per dare qualche più particolare esemplificazione, quel criterio ci darà modo di scorgere come l'atto di imperio e forza che limiti (o anche sopprima) l'uso della parola in pubblico o della stampa va definito, quantunque sia stato effettuato per opera di vera e propria forza materiale, quale atto appartenente al «diritto», generatore d'alcunché che si classifica nel «diritto», se la disposizione che esso impone si applica a tutti; ma è pura brutalità ed arbitrio, se la disposizione si applica solo ad alcuni, se solo per alcuni, sia pure in via di mero fatto, sta il divieto ed il limite, mentre ad altri è espressamente o tacitamente lasciata la libertà di agire come vogliono (quindi quando il divieto si applica singolarmente, caso per caso, ad arbitrio del potere). Così, ancora, l'ordinamento dei rapporti dei sindacati con lo Stato, sarà, quantunque sgorghi da una imposizione di forza, atto di «diritto», e la forza in azione possederà la natura di forza produttrice di un sistema di diritto, se l'ordinamento si applica a tutti i sindacati del pari: si tratterà invece di quella forza che è arbitrio e mera violenza, ossia, per ripetere le parole dello Stammler, «d'un soggettivo appagamento dei desiderii del detentore del potere, mediante il vincolo imposto solamente agli altri», se solo ai sindacati appartenenti al partito detentore del potere si accordano funzioni politiche. Clodio invade ed incendia il domicilio di Cicerone. Perché questa è quella forza che è delitto e non diritto? Perché è assolutamente impossibile fare anche soltanto il tentativo di dare di tale fatto una costruzione concettuale che lo mostri come l'applicazione d'una norma generale ed imparziale, e resta perciò in esso, non solo non cancellabile, ma in piena evidenza, il carattere di mero arbitrio e di forza bruta.

CAPITOLO V

SPINOZA

La concezione dell'autorità dianzi svolta, e nel medesimo tempo quella esattezza, ponderazione e misura nell'interpretazione e applicazione di essa su cui abbiamo testé insistito, si trova riflessa, come in un'acqua calma e profonda, nella dottrina di Spinoza, la quale offre dunque di essa concezione l'illustrazione più solida e ad un tempo più atta a mostrarne i fondamenti e insieme a dar le ragioni del mondo e dei limiti con cui dev'essere applicata.

È un grosso errore, per quanto antico, solidissimamente piantato e probabilmente non sradicabile, quello di credere che Spinoza sia un razionalista, anzi il prototipo del razionalismo dogmatico. Egli lo è, se mai, soltanto per ciò che riguarda la conoscenza (ed anche questo non va ammesso se non sotto molte riserve); ma non già per ciò che riguarda l'Essere. Razionalista (sia pur concesso), come gnoseologo, egli è un perfetto irrazionalista e scettico come ontologo. La sua realtà suprema non ha volontà, non ha intelletto, non ha fine, non ha «valori». Bontà, bellezza, ordine, perfezione sono semplici concetti umani. Egli li toglie alla realtà in sé. Ma il toglierli alla realtà è despiritualizzare la realtà stessa; è srazionalizzarla, poiché quei concetti sono appunto elementi della ragione. Non vi è per Spinoza una ragione sopra le cose, le cose non sorgono (come per Hegel) da una ragione, non esiste una ragione precedente ai fatti a cui questi si debbono uniformare per giustificarsi razionalmente, e a cui si possa e debba dimostrare che si conformano affinché restino così giustificati. Invece le cose sorgono da una cieca sostanza senza volontà, intelletto e fini. Non esiste dunque che l'Essere, ossia i fatti, ed essi hanno in sé, pel semplice fatto di essere, la loro ragione; ossia l'unica loro ragione è il loro essere, e la loro perfezione è nient'altro che il loro essere come sono: ogni dover essere cioè è pienamente esaurito nell'essere. Con ciò la ragione, come per sé stante, indipendente dai fatti, superiore ai fatti, giudicatrice legittima dei fatti, è annientata, scomparsa, di fronte al fatto, all'Essere. La negazione della teleologia e dell'esistenza obbiettiva dei «valori» compiuta da Spinoza, è negazione del deismo e insieme del razionalismo. Perciò il mondo di Spinoza è arazionale proprio identicamente a quello di Schopenhauer: ché dire col primo che la Natura naturans o Dio non ha volontà, né intelletto, né fini, e dire col secondo che il mondo è originato da una Volontà ma cieca, che non agisce, come la nostra, per fini, e non vuole che per volere, cioè senza alcuno scopo fuori di sé, è manifestamente la stessa cosa. Spinoza, insomma, è il contrario dell'idealismo razionalista. Esprime cioè lo sforzo, non già, come questo, per assoggettare le cose alla ragione o spirito e farnele dipendere, ma per assoggettare la ragione alle cose, all'Essere com'è. Realismo ed irrazionalismo.

Ciò anche nel campo etico. Spinoza è in etica un perfetto scettico e un intrepido realista. Non esiste né male né bene assoluto ed in sé, e per ognuno è bene ciò che corrisponde alla sua natura, male ciò che vi contraddice. «Existit unusquisque summo Naturae iure, et consequenter summo Naturae iure unusquisque ea agit, quae ex suae naturae necessitate sequuntur, atque adeo summo Naturae iure unusquisque iudicat quid bonum, quid malum sit, suaeque utilitati ex suo ingenio consulit» . Questa è la tesi sofistica pretta e insieme la più pretta verità, l'espressione coraggiosa, fuor di tutte le abituali menzogne filosofiche, del come stanno realmente le cose. Perciò un'artificiosa ubbia quale quella kantianacrociana dell'esistenza d'un'attività etica distinta dall'attività utilitaria, è una ridicolaggine agli occhi realistici di Spinoza. Una sola attività esiste, l'attività utilitaria, quella che tende all'appagamento della propria natura. Bene è dunque tutto quel che piace di fare. Tutto quello che uno fa per soddisfare la sua natura è bene. Nemmeno il matricidio di Nerone si può dire un male , poiché, data la natura di lui, il matricidio era ciò che vi corrispondeva; si può dire male il fatto che una tigre sbrani un agnello e anche un bambino? Se e poiché è una tigre, questo è quel che corrisponde alla sua natura, il suo da farsi, il suo bene. Non esiste, d'altronde, una natura umana in generale, perché per Spinoza, che all'irrazionalismo realistico ontologico e allo scetticismo morale, congiunge, come regolarmente avviene, il nominalismo, non esistono «universalia» . Ognuno ha la sua natura, agisce in modo da appagarla, questo è il suo bene, questo è ciò che, senza distinzione (si noti) tra «fatuos, delirantes et sanos», senza distinzione tra chi giudica «ductu sanae rationis» e chi giudica «ex affectuum impetu», ognuno ha il diritto di fare, cercando in qualunque modo «sive vi, sive dolo, sive precibus» di conseguire ciò che in tal guisa giudica utile . Solo in maniera del tutto astratta possiamo, pel fatto che la ragione è la peculiarità dell'uomo, costruire il concetto interamente suppositizio d'una natura umana in generale che consisterebbe nella vita conoscitiva e razionale , e, allora, mentre in realtà una tal vita è bene solo per quelli che posseggono effettivamente una natura siffatta, che sentono la passione per tale vita, nei quali tale passione vince ogni altra, e pei quali essa già da sé offre la massima felicità, possiamo dire, sempre in base a quella fittizia costruzione di una natura umana in generale, che tale vita è il bene e la virtù dell'uomo.

La stessa visuale realisticoscettica porta Spinoza nella filosofia politica. Anche lo Stato, come l'individuo, ha il diritto di fare tutto quello che ha la forza di fare. Diritto e forza si equivalgono interamente, sono una cosa sola, non v'è un preteso diritto che si stacchi per così dire dalla forza per limitarla e giudicarla. Come l'individuo, così lo Stato una cosa sola non può (non ha il diritto) di fare; quello che non può (non ha la forza). E come l'individuo, una cosa sola è sciocco che lo Stato faccia: ciò che diminuisce il suo essere, cioè la sua forza. Per la prima considerazione, lo Stato non può (non ha il diritto) di coercire il pensiero, proprio perché non può, perché non ha la forza di farlo, perché non è capace di farlo, non potendo penetrare nell'interno delle coscienze, farle pensare e credere in un certo senso, anzi nemmeno vedere come esse credono o pensano. Per la seconda considerazione è sciocco che lo Stato faccia ciò che urta e scontenta i più perché la sua forza nasce appunto dall'unione dei più, che con ciò vien meno. Lo Stato è veramente il Leviatano di Hobbes, l'uomo gigantesco le cui cellule sono i piccoli uomini di carne e d'ossa, ma appunto perciò se l'uomo gigante non vuol alienare da sé le sue cellule e con ciò deperire in forza e in essere, non deve malcontentarle o trattarle a capriccio. Lo Stato è forza, è potenza, questo è il pensiero di Spinoza. Ma da che cosa deriva allo Stato tale sua potenza? Dall'unione dei cittadini e dall'unità di coscienza fra essi. Quando tale unione e tale unità di coscienze vien meno è come se le cellule tendessero a staccarsi dal corpo di cui fanno parte, riluttassero ad esser parte della comunità. La forza, la salute robusta del corpo statale vien meno

.

Perciò la risoluta ed estrema filosofia dell'autorità di Spinoza logicamente mette capo a una misurata dottrina della libertà: logicamente, perché questa soltanto può offrire all'autorità fondamento solido. Già nell'Etica egli osserva che «animi non armis, sed amore et generositate vincuntur», e che «solet concordia ex metu plerumque gigni sed sine fide» . E nel Trattato Politico svolge in pieno la dimostrazione della sua tesi. Come l'individuo così «civitatem illam maxime protentem, maximeque sui juris esse, quae Ratione fundatur et dirigitur». Quindi la «civitas, cuius subditi metus territi, arma non capiunt, potius dicenda est, quod sine bello sit quam quod pacem habeat». E, conseguenza finale e decisiva: «servitutis igitur, non pacis interest, omnem potestatem ad unum transferre: nam pax, ut iam diximus, non in belli privatione, sed in animorum unione sive concordia consistit» .

Realismo e irrazionalismo ontologico. Scetticismo etico. Scetticismo e autoritarismo politico. Tale è Spinoza. Perciò abbiamo detto che in lui poteva rispecchiarsi e confermarsi la concezione precedentemente svolta. Ma altresì, poiché egli è un filosofo dell'autorità profondamente logico, ponderato, capace cioè di vedere le concatenazioni lontane che certe premesse comportano, così nella sua dottrina può anche utilmente specchiarsi, per riuscir a scorgere bene se stessa e se occorre a correggersi, ogni pratica politica d'autorità che sia coscienziosamente pensosa di sé e dei destini del paese su cui impera.

APPENDICE

LE COLPE DELLA FILOSOFIA

Il carattere prevalente della vita contemporanea italiana è il falso. Falsa religione, falsa filosofia, falsa politica, falsa morale, falsa letteratura. Si sente dappertutto il falso, come il fesso nel bronzo di una campana. Proclamano la restaurazione e la supremazia del cattolicesimo uomini che arrossirebbero ad inginocchiarsi davanti ad un confessionale e a farsi vedere con le mani giunte sul petto a ricevere l'ostia consacrata, e che professano la dottrina essenzialmente atea dell'immanenza dell'essere nel pensiero e viceversa, cioè della negazione che oltre la sfera a noi pienamente comprensibile possa esservi una qualsiasi realtà. Nel linguaggio di un poeta che sarebbe come il Tirteo della nuova Italia, ha acquistato ormai palpabilmente l'esclusivo predominio un artificio di studiato e manierato arcaismo, che, negazione della schiettezza la quale sta e si sente in semplice diretto, immediato contatto con la vita quale è d'attorno, rasenta, echeggia, richiama spontanea la caricatura . Non si sa bene se il S. Paolo dell'ora non sia invece Alcibiade che taglia la coda al suo cane, perché gli Ateniesi si voltino a guardarlo per le strade. Sommi sacerdoti nostrani del buddismo attestano la serietà della loro convinzione, dimenticando, onde soddisfare il prurito irresistibile di prosternarsi al potente, sia pur bastonatore, che il loro maestro aveva sancito: «di fronte ad ogni Essere ponga giù il bastone con cui si colpisce» . E, tipica caratterizzazione della fase, la notorietà acquistata con lo scrivere libri osceni eleva al grado di leader della ricostruzione.

Le parole stanno in sempre più diametrale, gonfia e sfacciata antitesi con le cose: al massimo decadimento della moralità della vita pubblica e della dignità del comportamento dei singoli in essa, corrisponde la sonora e reboante tonalità romana dei discorsi e la vacua e verbosa celebrazione dei «radiosi destini» della nazione, quasiché questi (comunque si concepiscano) possano aver per fondamento e materia prima altra cosa che non la forza di carattere dei cittadini e la stessa loro non già flaccidezza, ma energia di resistenza. Il pensiero filosofico è diventato un mosaico ingegnoso di formulette meramente verbali, nell'accozzare abilmente le quali nell'una o nell'altra guisa, si consegue e si afferma la grandezza speculativa, e ci si apre la via, non solo alla celebrità, ma agli istantanei ed impensati sbalzi all'innanzi all'in su, che il senile e pedantesco criterio di regolarità di un regime ormai sorpassato rendeva follia sperare. E l'agile genialità, di questo pensiero filosofico risplende in guisa peculiarissima nella sua capacità di dimostrare che, quando compie atti che sono, per l'occhio comune, in perfetta contraddizione con le sue teorie, pure, se si guarda bene in fondo di queste, si vede che quegli atti, che le contraddicono, scaturiscono invece coerentemente dalle interne complesse loro circonvoluzioni.

Accanto al falso, l'altro carattere dominante è quello dell'avventatezza convulsiva. In perfetta antitesi con la assennata ponderazione e posatezza, con la rigorosa parsimonia nei segni verbali usati a significare le cose e, quindi, con l'immensa momentosità delle cose in confronto delle parole, propria di quella romanità che si pretende, ma solo coi gesti e con le frasi, d'aver rinnovata   e in perfetta antitesi anche con l'altra nostra grande creazione politica autoctona, la «venezianità» – non mai il disgustoso bagordo delle parole precipitate, avventate, numerose, «colorite», «pittoresche», dilagò come oggi. Dalle labbra o dalla penna di uomini di governo scendono frasi e boutades leggere, impulsive, quali sarebbero appena ammissibili sotto la stilografica d'un giornalista, in un articolo frettoloso. Lo stile della maggior parte dei giornali è diventato secentesco sino alla comicità, o più esattamente «spagnolesco», perché insieme alla gonfiezza c'è quella stessa repugnante servilità di cui sono così largamente imbrattati i nostri scrittori del cinque o del seicento; quella servilità che i dotti studiano e severamente condannano nel XVI secolo, senza accorgersi che è la medesima che si svolge sotto i loro occhi e che essi stessi largamente praticano; quella servilità, la quale, se allora si manifestava con la consegna delle chiavi cittadine, che su piatti d'oro o di argento le capitali ed i borghi gareggiavano a porgere all'imperatore spagnuolo, ora si manifesta con la cerimonia, diversa soltanto nella forma, del conferimento di cittadinanze.

Insieme, anche qui, i fatti, sono in recisa opposizione con le parole; né mai s'è tanto parlato di «obbedire in spirito di umiltà» quanto ne parlano coloro che vogliono invece avere la loro sfera, sia pure subordinata, di assoluto, dispotico, superbo spadroneggiamento. La violenza, non ostante ogni tentativo di compressione, trabocca fuori continua e incontenibile come il ribollire d'un vino dalle doghe mal connesse, perché è connaturata con la convulsiva e nevrastenica mentalità dell'ora, la quale comporta che la visione che passa pel cervello (si tratti d'una concezione politica, d'un voto elettorale, d'un'assoluzione o d'una condanna, d'uno sfratto da effettuare o da impedire) come quella che non può non essere giusta e vera, debba attuarsi a forza.

Conseguenza della nevrastenia del periodo e fomite ulteriore ad essa, suonano di continuo, con le frequenti dichiarazioni ufficiali che la «rivoluzione» è appena all'inizio, preannunci di nuovi rivolgimenti (spesso specificatamente accennati con capricciosa varietà), di travolgimenti e sussulti, il tutto non disgiunto da preannunci di sangue. Mentre si combatte, perché inorganica, la forma sin qui consueta, cioè elettorale, di manifestazione di volontà da parte del popolo e si stanno escogitando forme più «organiche» (rappresentanze di classi, professioni, sindacati) per sostituirla, si reitera il ricorso alla più inorganica, confusa, indistinta forma di quella manifestazione, cioè all'interrogazione della folla tumultuante nelle piazze; e nell'atto in cui si nega importanza al consenso quando si manifesti nella forma sin qui reputata come la forma sua regolare, si instaura e si pregia proprio solo quella demagogica, imprecisa, inconsulta, caotica forma di consenso.

Uno dei più alti personaggi del regime attuale, in uno schizzo autobiografico, proclama «ho tre lauree e me ne infischio», onde siano con inequivocabile chiarezza educati i giovani nuovi al concetto che i curricula regolari sono scipitaggini di nessuna importanza in confronto con l'avventurosità. Generali lodano militi fascisti partenti per la Tripolitania, perché «anime forti cui pesa il ritmo della vita usuale». Si proclama l'avvento della moralizzazione, compiuta col bruciare o sequestrare le bibbie protestanti o i romanzi del Maupassant; ma si fomenta la demoralizzazione effettiva con l'introduzione ufficialmente sanzionata (ripugnante immistione nella untuosità cristiana, d'altro lato professata, d'uno spirito orgiastico da decadenza pagana), degli «sports dei tempi passati, che la legge aveva proibiti a cagione della loro brutalità», dei «vizi che promuovono il rimbarbarimento» , del barbarico spettacolo di sangue delle corse dei tori; col dar lustro di ausiliatrice di gloria nazionale alla brutalità pugilatrice; più con un'azione, che, diretta a costringere o a sedurre tutti ad inchinarsi al partito dominante, contribuisce ad infiacchire sempre più il già fiacco carattere politico, e più ancora con la fama, trasvolata di bocca in bocca fino nei più remoti borghi, di troppo grandi ricchezze troppo rapidamente accumulate e di troppi spassi goduti da molti personaggi, che, per essere gli ispiratori o le guide di un regime di ricostituzione severa e penosa per molta parte di popolo, avrebbero invece dovuto dare esempio di austerità e povertà. «Misera respublica, quae istos divitiarum cupidos et divites patitur... Audisti praefectum praetorii nostri Philosophi (s'intende, Marco Aurelio) ante triduum quum fieret, mendicum et pauperem, sed subito divitem factum. Unde, quaero, nisi de visceribus reipublicae provincialumque fortunis?» .

Sintomi accessorii ma significanti. Col rinvilire del valore del danaro, col flusso sempre più facile e largo di esso, e, insieme, col senso oscuro ma radicato che la presente situazione economicosociale europea è fondata sulla sabbia, e sotto ad essa può aprirsi domani il baratro, il danaro ha perduto totalmente il pregio morale che prima poteva condensarsi in esso; il risparmio che, quando si leggeva Smiles, era una virtù, è diventato una ridicolaggine; ogni giovane della nuova èra si sentirebbe immeschinito se non spendesse, senza pensarci su, quanto ha o guadagna. E sempre più di frequente avviene che fanciulli e fanciulle fuggano dalla casa paterna, perché non possono sopportarne la monotonia e il tedio, perché pesa loro «il ritmo della vita usuale», e hanno bisogno d'avventure.

Questa situazione è l'esatto opposto di una situazione romana, classica. Cioè è una situazione prettamente romantica, nel significato originario del vocabolo. Non la ponderatezza, la calma e matura riflessione, prima di parlare ed agire, sulla realtà quale è, non la misura, la forza tranquilla o la tranquillità forte, l'aequanimitas; non insomma, i caratteri con cui si designa la classicità. Ma impeto irriflessivo, capricciosa e tumultuaria violenza di parole e di atti, divergenza da un giorno all'altro, come l'umore detta, di direzioni e di linguaggio, impulsività e celebrazione di essa, slanci «dinamici» verso mete imprecise, nebulose, cangianti, non segnate con spigoli precisi dal senno chiaro ed adulto, Sturm und Drang, romanticismo. Se «romantico» è l'antitesi di «classico», siamo proprio agli antipodi della romanità, che viene, sì, contraffatta con le parole, con gli atteggiamenti esteriori, con le «stilizzazioni» del viso e le pose del corpo, ma dal cui spirito si è mille miglia lontani. Lo stesso elevamento della «giovinezza», perché tale, alla direzione politica, è ciò che si può pensare di più antitetico alla classicità, dove «persona investita dell'esercizio del potere» e senex sono sinonimi, e il pericolo del governo dei giovani è espresso dalla constatazione: «maximas respublicas ab adulescentibus labefactas» .

Nulla, non parlo dei cortei, ma dei fatti e degli animi, che somigli alla severa compostezza classica. Molto che ricorda l'incompostezza e la nervosa agitazione d'ogni «decadentismo», se non richiama addirittura alla mente una clinica neuropatica.

Quando si confronti questo, che è lo stato mentale del primo quarto del secolo XX, con quella che era l'assai più armonica, disciplinata, ordinata situazione degli spiriti dell'ultimo quarto del secolo XIX, si affaccia da sé la constatazione che concomitante all'infrangimento, che la mente ha fatto, di ogni freno classico di norma, prudenza, saviezza, ritenutezza e sobrietà, al suo sferrarsi nel campo dell'impulsivo, del tumultuario, del singolare, dell'impreciso e dell'esaltato, al suo diventare, insomma, nei più, elata e gestiens – tutte tipiche caratteristiche, per i Romani, della non sapienza («qui moderatione et constantia quietus animo est sibique ipse placatus ut nec alacritate futili gestiens deliquescat, is est sapiens») ; concomitante a tutto ciò è stato il prevalere del pensiero filosofico idealistico su quello positivista. La filosofia idealista è l'espressione adeguata della presente anormalità, convulsività, «elatio gestiens» di spiriti, ed è il fattore che per tre quarti ha contribuito a crearla.

Riproduzione letterale del pensiero tedesco di un secolo fa, che nella Germania d'allora fece appunto esplodere in tutta la sua virulenza l'originario movimento romantico, ispirò la concezione e la pratica di un'esistenza sfrenatamente libera da ogni vincolo esterno o «convenzionale» secondo detta l'io sovrano plasmatore d'ogni esterno e d'ogni reale, le vite alla Lucinda e gli sforzi di Novalis per saltar addirittura, mediante un puro atto di volontà, fuori dall'esistenza corporea; essa non poteva, nella sua tarda riproduzione ed introduzione in Italia, di cui falsa definitivamente il genio autoctono e in cui cancella anche le ultime tracce della «classicità», non produrre le medesime conseguenze spirituali, tanto più che a queste lo stato mentale postbellico forniva condizioni particolarmente propizie. Lo squilibrio psichico del dopoguerra veniva quindi ad essere il terriccio specificatamente destinato a fecondare tale filosofia e ad esserne alla sua volta fecondato: quello su cui essa poteva fabbricare le sue fortune. Contro la prudente e severa, veramente latina mentalità positivista, quale il Gabelli la incarnava, che soprattutto si dirigeva appunto a togliere sovranità e fede alle «rivelazioni», ai «principii eterni» della coscienza, opponendovi la necessità della cauta, paziente, sperimentale investigazione del fatto reale esterno, il dovere del riconoscimento obbediente di esso, la supremazia di esso su quelle pretese «rivelazioni», l'idealismo tornò a ripristinare il sommo dominio, l'assolutezza inconcussa, la onnipotenza dell'io, nella cui fluidità immateriale la solida realtà si rappresenta liquefatta e si abituano le menti a pensarla liquefacibile. La sconclusionata sovreccitazione dell'ora trovò in questo concetto la sua magna charta. Esso la giustificava e la incoraggiava nella soddisfazione della sua più spiccata tendenza, la tumultuarietà nell'azione, la improvvisazione, la convinzione che un'idea sia vera, giusta, attuabile, che sia anzi necessario attuarla solo perché è pensata con «passione» e senza bisogno che l'esercitata competenza, il controllo oculato dei fatti, il cimento con gli argomenti lo accertino. E poiché è impossibile fornire un criterio preciso e saldo con cui l'individuo distingua i principii e i postulati dello «Spirito» dalle visuali (forse capricciose ed aberranti) evidenti al suo spirito, così il concetto centrale idealistico dell'assolutezza dello «Spirito» doveva dar incentivo a far apparire queste visuali come costantemente e infallibilmente rivestite dalla luce di quei principii, doveva reinverare perciò l'osservazione sallustiana: «ea, ut libido tulit, facere» : determinare cioè l'individuo a prendere il suo spirito e ciò che in esso si presenta, come l'Assoluto, e quindi ad attuare con la pronta e diuturna violenza qualsiasi postulato o «rivelazione» del proprio spirito, posto che questo (ossia, lo «Spirito») assurge ora all'incontrollata e sovrana assolutezza, il criterio della cui infallibilità esso attinge solo dall'interno di sé, da ciò che esso in sé con evidenza o con «passione» vede.

La congenialità di tale filosofia con l'ora violenta, torbida, fanatica, mentalmente confusa, e, appunto perché estolle sopra la calma riflessione ed osservazione dei fatti il «moto passionale che esalta e travolge», essenzialmente incoerente e contraddittoria, si manifesta ancora in un altro aspetto. Cioè nella virtuosità che col lungo esercizio di applicazione d'un suo supremo principio speculativo l'idealismo ha acquistata, mediante cui esso, giocoliere di idee, sa togliere le barriere che separano le contraddizioni e far insensibilmente, con abili sotterfugi, trapassare un concetto nel suo opposto in guisa da poter sostenere che tale opposto di quello è pur sempre il medesimo concetto.

Siffatto «trasformismo» filosofico è stato forse ciò che più ha giovato a cementare l'idealismo con lo spirito della fase presente come sua specifica filosofia, appunto perché questo spirito, privo di ogni coordinazione e direzione precisa, sentiva l'oscuro bisogno di espedienti mentali per poter persuadere e persuadersi che le sue incoordinazioni, la divergenza successiva ed anche contemporanea delle sue direzioni, i suoi «moti di passione», eccitati dal variante impulso e capriccio del momento, che soli ne dominano l'azione, pure, visti, non superficialmente, ma dal «profondo», manifestano una sottostante riposta unità.

Filosofia atea nella sua vera essenza, perché il reale è per essa identico al pensiero, cioè reale è soltanto ciò che si risolve nei concetti interamente comprensibili della mente umana, essa poté diventare (in grazia della «dialettica» per cui la religione è rappresentata come l'idealismo messo in simboli per le menti incolte e l'idealismo come il superamento della religione mediante la trasposizione in concetti della stessa materia che questa adombra con miti essoterici) lo strumento di una clericalizzazione dello Stato sguaiata, petulante, procacciante, esibizionista, agli antipodi dall'equilibrio con cui un regime di conservazione, costituito da persone serie come quello della vecchia destra, attestava, senza sbilanciarsi, il suo rispetto alla religione dei più; e poté così uno degli aforismi oggi più in voga: «indietro non si torna», ricevere implicitamente l'interpretazione contraddittoria che non è possibile tornare indietro dal 1924 al 1919, ma sì dal XX al XII secolo. Filosofia, inoltre, dello spirito quale assoluta libertà, esso poté diventare la filosofia della reazione.

Su quest'ultimo punto gioverà però soffermarsi un momento.

L'idealismo è, nella sua natura sostanziale, filosofia della libertà assoluta e, più precisamente, dell'anarchia. Il suo principio è che l'io o lo spirito con padronanza piena, che di nulla di estrinseco subisce la pressione o il controllo, cava unicamente dal proprio fondo tutto: condizioni della conoscenza, condizioni della realtà, condizioni dell'azione. Da lui primordialmente zampillano gli elementi fondamentali dell'Essere, che solo fallacemente appare quindi a lui diverso, disgiunto, indipendente. A lui appartengono a priori gli elementi conoscitivi che, essendo i medesimi di quelli esistenziali che egli ha impartito all'Essere o Natura, rendono questa prona e intima al pensiero che s'affaccia a conoscerla. Da lui, mente monadica che circola unicamente in sé, che non ha finestre aperte verso l'esterno e non ne ha necessità perché tutta l'essenza dell'esterno è già in essa, sorgono senza bisogno ch'egli guardi altro che in sé, le leggi dell'azione, la legge morale. Tutto ciò è dettato con assoluta sovranità dall'io. Egli possiede perciò l'assoluta libertà dell'assoluta sovranità. Le condizioni e le esigenze dell'io, ossia della ragione, sono le verità e leggi supreme del mondo, a cui nulla deve far remora. Nessun fatto «esterno», sì della «realtà» materiale che di quella sociale e convenzionale, deve star contro a questa assoluta sovranitàlibertà dell'io o ragione, né pretendere di limitarla. Quando, come nella rivoluzione francese, l'io o la ragione spezza violentemente i vincoli che in un lungo corso di anni le erano esteriormente cresciuti attorno, e riafferma la propria assoluta libertà, anzi divinità, Kant e Fichte scorgono in ciò l'attuazione della loro filosofia. Il robespierrismo della «dea Ragione» è, non ostante ogni contrario asserto, l'espressione più precisa dell'essenziale significato dell'idealismo. E siccome l'io esiste solo nell'individuo ed anche un io superindividuale che si asserisca esistente non è se non pensamento d'un individuo ed assume quindi la natura, le qualità, i principii, le verità di cui questi lo dota e che sono quelle che egli trova in sé, così è proprio l'io, quale nell'individuo pensa e vive, quello del quale l'idealismo implicitamente esige la continua liberazione da tutta la «natura», da ogni pressione ad esso estrinseca, da tutto ciò che esso, nell'incontrollabilmente sovrano giudizio che in ogni individualità pronuncia, vede come nonragione. La riduzione idealistica della realtà all'io, la cancellazione d'ogni configurazione del reale ferma, «obbiettiva», indipendente dall'io, la subordinazione totale della realtà alle leggi dell'io, significa dunque da ultimo, se interpretata lealmente e senza sotterfugi e cavilli, piena anarchia.

Ciò non ostante, in grazia dell'opportuna applicazione pratica del suo canone dell'identità dei contrarii, che gli permette di far scivolare ogni principio nel suo opposto e di sostenere nel contempo che rimane lo stesso, l'idealismo, teoricamente filosofia dell'assoluta libertà, diventa praticamente sempre filosofia del dispotismo. Per una singolare cecità non se ne sono accorti i giornali dei partiti avanzati, che, aprendo le loro colonne a scrittori idealisti, per la maggior parte expreti (quasi che questo sia un carattere sicuro di sensi democratici e non avvenisse invece che l'exprete trovi di regola nell'idealismo il surrogato laico dei pregiudizi chiesastici e delle intolleranze teologiche, da lui, nella nuova veste, conservate intatte), si scaldarono in seno il serpe che li ha morsi, cioè contribuirono a far diventar di moda un pensiero diretto a scalzare le loro dottrine politiche.

Ma ecco Fichte il quale sostiene che, poiché colui che sa insegnare non fa se non rendere esplicita agli occhi del discepolo la verità che sta già risposta nell'anima di costui, che è dunque la sua, così se egli, invece di persuadere insegnando, costringerà, in effetto non costringerà, poiché la verità che egli ora impone è ancora la stessa che c'è già nell'anima di chi l'imposizione subisce, è la verità sua; e quindi non c'è nessuna imposizione. Ed ecco Gentile, proprio nella sua qualità di guida suprema dell'educazione nazionale, asserire che il bastone è veicolo dello spirito assoluta libertà, del tutto pari in valore e dignità agli argomenti intellettuali . La volgare definizione ironica «argomento persuasivo», applicata alle bastonate ed ai pugni, è, per costoro, assurta a principio supremo di filosofia.

Ma qui è necessaria una distinzione. Quale è in particolare la specie di dispotismo di cui l'idealismo diventa regolarmente la filosofia?

Vi sono due specie di dispotismo, o, con termine più generale, di autorità. Una è l'autorità delle confische, delle proscrizioni e dei bandi, quella di Silla, e, potenzialmente, di Catilina. L'altra è l'autorità di Cesare, che, sebbene nel suo partito vi fossero due fazioni, delle quali una «desiderava soltanto che Cesare fosse in Roma un cittadino potente ed eminente, un'altra, più violenta e turbolenta, la quale voleva far Cesare onnipotente per prevalere essa al suo seguito e con il suo favore» , pure muove «dalla massima di riconciliare i vecchi partiti», segue «la giusta considerazione dell'uomo di Stato, secondo la quale i partiti vinti si assorbiscono più presto e con minor danno dello Stato, entro lo Stato, che quando si cerca di disperderli coll'esilio e di allontanarli dalla Repubblica col bando», crea il suo edificio pietra a pietra «senza mai precipitare o dissestare, appunto come se per lui esistesse soltanto l'oggi e non il domani» . Una è l'autorità romana di Augusto, che la rivolge alle cose veramente essenziali allo Stato; l'altra quella cantonale di Gessler che la consacra a far salutare il proprio cappello. Una è l'autorità che possiede la forza di autoinibizione di restringere il suo comando all'assai piccola sfera di ciò che realmente importa per la ricostituzione della compagine statale; l'altra è l'autorità pettegola e capricciosa che vuole affermarsi davanti agli occhi altrui e proprii comandando una folla di cose insignificanti: la foggia dei vestiti o il codino, l'antimassonismo e la «scrittura diritta», i libri che si possono vendere e il catechismo, le insegne che si debbono salutare e la forma in cui il saluto deve farsi, le canzoni che si debbono e quelle che non si possono cantare, il colore della cravatta permesso e quello vietato, l'esposizione di stemmi e l'irregimentazione in certi clubs. Autorità che, nel contempo sarà in generale sempre quella delle liste di proscrizioni o bandi e delle «confische». Per queste ultime si può ricorrere, secondo i casi, alla forma di leggi, illegalmente retroattive, mediante cui si strappano a coloro che li avevano regolarmente conseguiti per concorsi e onorevolmente esercitati per decennii, posti, uffici, funzioni per farne la preda della fazione vincitrice nella guerra civile o di coloro che a tempo opportuno si accostino ad essa; oppure si può ricorrere a manipolazioni arbitrarie delle fondazioni testamentarie. Forme, per quanto diverse dalle antiche, sempre del medesimo fatto, la «confisca», le quali ribadiscono la configurazione d'uno Stato che vien meno alla sua parola e manca ai suoi impegni, e scoraggiano da ogni fiducia in esso, e persino da ogni disposizione di ultima volontà diretta a pubblica beneficenza, i cittadini, i quali veggono che non già esiste uno Stato che perpetui lungo i tempi la sua fedele, permanente, coerente identità di persona giuridica, ma che il parere o il capriccio degli individui che si impadroniscono di esso può spezzare la continuità della persona giuridica statale, annientare i diritti acquisiti regolarmente in una fase precedente di questa, mettere nel nulla disposizioni di cui una fase precedente di essa aveva garantito l'osservanza. Autorità, quindi, a cui trova sempre applicazione un'altra sentenza di quel Sallustio (un «preludio» al quale, e specialmente alle due lettere, che si dicono sue, dirette a Cesare, intorno all'ordinamento dello Stato, o anche solo ai paragrafi 2, 3 e 6 della seconda di esse, sarebbe ora assai più fecondo di insegnamento che ogni preludio al Machiavelli): «proinde quasi iniuriam facere id demum esset imperio uti» .

La pratica della seconda specie di autorità è quella che discredita la dottrina dell'autorità in generale, e rivalorizza nelle coscienze di tutti le idee a questa opposte. Ora la doppia contraddizione dell'idealismo è questa, che filosofia, in essenza, dell'assoluta libertà dello spirito diventa sempre, in pratica, la filosofia del regime autoritario; ma precisamente di quello della seconda specie, ossia di quello che serve al discredito e alla confutazione dell'autorità in generale.

La filosofia dell'autorità seria, poniamo quella di Federico il Grande, è la filosofia di Voltaire. Filosofia dell'autorità gretta, piccina, capricciosa, e che, solo per i suoi capricci, commette crudeltà o arreca dolori, poniamo quella di Federico Guglielmo III, è l'idealismo assoluto, è la filosofia dello spirito come, a parole, assoluta libertà, è la filosofia di Hegel.

Con ciò non si vuol negare che l'idealismo assoluto, nella sua opportunistica duttilità e approfittando delle contrarie direzioni che esso raccoglie in seno, non sia suscettibile di diventare anche, a tempo e luogo, la filosofia del bolscevismo e (ciò che soprattutto importa) di mantenere a galla o portare in alto i suoi seguaci anche in regime bolscevico. Ma solo del bolscevismo o del fascismo, e così soltanto dei due regimi squilibrati in senso opposto e perciò così affini che l'uno, anche nelle polemiche giornalistiche, trae da ciò che fa l'altro le più forti armi di sua giustificazione, può essere filosofia l'idealismo. Non è coincidenza senza significato questa che il periodo in cui la coscienza italiana fu così mancante di equilibrio da non saper dare se non una forma anomala e dissennata di politica di rinnovazione e una forma altrettanto anomala e poco savia di politica di conservazione, sia stato e sia il periodo sul quale ha imperato ed impera l'idealismo assoluto. Filosofia, essa medesima, nella sua riduzione della realtà al pensiero puntualmente pensante, cioè a un sogno che sogna se stesso, interamente pazzesca, non poteva accompagnarsi che ad una fase d'azione altrettanto vaneggiante.

L'unica parola seria agli Italiani venne dal positivismo, e la disse il Gabelli. Conservatore, critico cauto ma ponderato del socialismo e della democrazia, non egli patrocinò i «moti di passione», i «dinamismi», la intolleranza del «ritmo della vita usuale». Proprio in queste tendenze, che divennero caratteristiche di quella «nuova èra» che pretende di attuare la ricostituzione morale d'Italia, egli scorse invece il vizio peggiore degli Italiani: la propensione ad eseguire con trascuranza e dispetto i compiti modesti e necessari, per la presuntuosa opinione che essi siano inferiori al nostro genio infuso, allo slancio del nostro vasto spirito verso le cose grandiose, l'impero, la gloria, i radiosi destini. Il male d'Italia, egli scrisse cento volte, sta in ciò, che il commesso di negozio misura la stoffa con senso di ira e disgusto, perché ritiene di essere un poeta che l'avverso destino ha condannato al banco, o l'impiegato postale si arrende a malincuore a registrare una raccomandata perché ciò lo distrae da una lettura o discussione di politica alla quale si sente chiamato dalla sua vocazione. Coordinarsi e subordinarsi al «ritmo della vita usuale», eseguendo in essa, ciascuno al suo posto, il compito che ci spetta, in ciò appunto, in questa visuale ordinata, calma, riflessiva, «classica», non nei dinamismi, nella tumultuarietà esterna ed interna, cioè nei caratteri del «romanticismo» decadente, vide il Gabelli il mezzo per «fare gli Italiani». E siffatta visuale, profondamente sana, saldamente latina, veramente ricostitutrice, egli poteva professare e predicare, perché, positivista, respingeva totalmente l'idea di un'io o spirito le cui «rivelazioni» o i cui «slanci», sovraneggino o facciano la realtà, anzi siano la realtà, e teneva invece fermo all'idea di un'«obbiettiva» realtà esterna a cui lo spirito deve subordinarsi. Solo se il pensiero del Gabelli avesse potuto far presa tra di noi e non fosse stato travolto dalla «filosofia dello spirito», avrebbe potuto formarsi a poco a poco veramente una «nuova êra» morale.

Quanto sotto l'influenza e con l'accompagnamento di tale filosofia durerà invece l'êra dello «spirito» che fa a sua posta il reale, dello spirito elatus e gestiens, cioè del caos spirituale, del capriccio individuale sovrano, e quindi della violenza e dell'illegalità, sarebbe vano cercar di determinare. Questo è certo, che il ritorno (se avverrà) alla compostezza ed al senno, il ritorno ad un'epoca in cui, dunque, in politica, sia la rinnovazione, sia la conservazione, si prospettino in forme coerenti e saggie e non sbilanciate e farneticanti, sarà contrassegnato dal fatto che sulla filosofia dello spirito, cioè praticamente del soggettivo impulso capriccioso, del «moto di passione» preso per prova di verità assoluta, dell'evaporazione del reale esterno di fronte all'interno (idest al mio interno, a ciò che passa per la testa di chiunque parteggiando diventa un Marcello, un Alessandro o un Napoleone, o ad ognuno dei suoi generali), prenda di nuovo il sopravvento, rifatto criticamente più forte dall'essere passato sotto la prova del fuoco della dottrina idealista che temporaneamente lo abbatté, lo spirito del positivismo realistico.

«Spero non possa rimanere dubbio che lo scrittore fu buono italiano, amò virilmente la patria. Ma potrebbe parer forse ch'ei l'amasse troppo severamente. Risponderò prima con molte e gravi autorità, poi con una sola ragione. Le autorità, sono quelle di Dante con tutti i cronacisti del trecento, il Compagni, Petrarca, Machiavello, Ariosto, Muratori, Alfieri, Botta in molti luoghi, e Colletta, cioè tutto ciò che abbiamo di prosatori o poeti più o meno virtuosi; dai quali ed altri minori si potrebbe far una raccolta, che non sarebbe inutile, di ammonizioni tanto severe, che io credo sia forse per liberarsene che s'è venuto ora a quel darsi buon tempo e lusingarsi vicendevolmente di tanti presenti. Ma, remota ogni autorità, se non siamo naturalmente inferiori, bisogna dire che il siamo per errori passati, i quali dunque si tratta di scoprire e correggere. Ei non sono se non i contentissimi, i pienamente soddisfatti, i non desiderosi di nulla per la patria, i quali debbano difendere su tutto i maggiori, su tutto i contemporanei, per procacciare un tutto simile ai nepoti. Ma io non iscrivo a nessuno di questi».